Awena

Martine Lady Daigre

Awena

Contacter l'auteur :
www. ladydaigre. jimdo.com

© Martine Lady Daigre
Édition : BoD - Books on Demand
12/14 rond-point des Champs Elysées 75 008 Paris
Imprimé par BoD – Books on Demand, Norderstedt
ISBN : 9782322152681
Dépôt légal : 1er trimestre 2019

À mes lecteurs et lectrices

Ce livre est un roman.

Toute ressemblance avec des personnes, des noms propres, des lieux privés, des noms de firmes ou d'établissements, des situations existant ou ayant existé, ne saurait être que le fruit du hasard.

I

Fin de l'été 1034, fraîches étaient les soirées avant la venue de l'automne sur le plateau de Langres.

Dans la maison de Noë, un feu crépitait dans l'âtre, un petit feu de rien, à peine quelques bûches et pas très grosses, par économie, mais elles étaient suffisantes pour réchauffer le corps de la nourrice Judith, finissant la mine réjouie étirant les rides son bouillon de légumes, assise sur une des deux chaises en paille. Elle était encore vaillante sur ses jambes légèrement arquées, Judith. Elle avait le regard vif et l'ouïe fine, mais elle se disait vieille, car elle affirmait avoir dépassé le demi-siècle et nul ne l'aurait contredite, surtout pas Suzanne, l'enfant unique de Noë, qui lui vouait un amour inconditionnel, n'ayant point connu sa mère morte en couches. Elle avait toujours vécu auprès de Noë clamait Judith à l'oreille compatissante. Elle avait été placée dans la famille bien avant les épousailles de celui-ci. Après la nuit de noces, elle avait suivi le jeune couple de son plein gré, aidant aux travaux des champs et à ceux de la ferme, puis était survenu le drame, alors, elle n'avait pas eu le cœur à s'en aller, à abandonner ce nouveau-né si cruellement privé de l'amour maternel, et elle était restée pour élever l'enfant, pour tenir la maison et travailler sans relâche. Elle ne regrettait pas ses choix, ni son célibat, au contraire, c'était bien parce qu'elle était sans mari qu'elle pouvait savourer aujourd'hui l'aisance que lui procurait la réussite de cet homme de quarante ans, serein, à la barbe et aux cheveux grisonnants, rayonnant de gentillesse contrairement aux autres, les gens bourrus de la campagne, un Noë encore vêtu de sa tenue de labours, attablé devant son breuvage fumant. Car il avait réussi Noë. C'était un paysan libre et ce simple mot "libre" évoquait à lui seul tout l'acharnement que cet être trapu aux mains calleuses, se levant tôt le matin et se couchant tard le soir, avait mis dans l'accomplissement du labeur quotidien sans ménager ses forces. Il avait besogné dur jusqu'à ce que le seigneur local lui cède quelques arpents de terre en lisière d'une forêt dense dont personne ne voulait par crainte des mauvais génies et des bêtes sauvages peuplant les lieux. Les autres paysans avaient choisi de regrouper leurs masures autour d'une ancienne chapelle qui n'exhibait aucune prétention extérieure. D'ailleurs, l'espace intérieur de l'édifice sacré offrait peu de volume. C'était un endroit exigu dont les murs chaulés étaient ornés de fresques grossièrement peintes à la manière d'une iconographie byzantine sans que les autochtones ne sussent pourquoi. Une fois par mois, le curé de Langres y officiait le dimanche. Tous ces bâtiments réunis formaient une sorte de village en rase campagne suant la pauvreté.

Noë avait donc reçu ladite terre seigneuriale en récompense des efforts fournis. Dès qu'il en avait pris possession, il avait eu un seul et unique but en tête : vouloir construire une habitation solide, résistante aux intempéries et située au milieu de ses alleux, où chaque chose serait à sa place, apportant sécurité et repos à son propriétaire. Cette condition avait été primordiale dans son désir de le réaliser. Il avait fallu dix longues années à Noë pour concrétiser son rêve : une bâtisse toute en longueur, ancrée dans le sol grâce à ses fondations en pierres sèches, qui formait avec les granges une sorte de U tout en conservant l'emplacement destiné aux bestiaux, ces derniers contribuant à apporter à la famille ainsi qu'aux visiteurs cette chaleur dont ils avaient tant besoin pour endurer les hivers rigoureux.

Le Noë, bâtisseur, avait accolé, chose évidente pour lui, une chambre à coucher de part et d'autre de la pièce principale et celles-ci communiquaient entre elles par une étroite porte. La lumière pénétrait difficilement dans les trois pièces, car, dans chacune d'elles, il n'y avait qu'une seule fenêtre, à petits carreaux, protégée par un lourd volet en chêne raboté. La chambre de gauche, réservée aux femmes, jouxtait la grange des moutons tandis que la chambre de droite, la sienne, était mitoyenne avec l'étable. Les autres bâtiments, de moindres valeurs de par leurs assemblages de planches en sapin, servaient au stockage de la paille, à parquer les cochons et, aussi, de poulailler qu'il ne fallait surtout pas oublier de fermer le soir de peur qu'un prédateur ne dévorât les précieux volatiles au cours de la nuit. Ce n'était pas le chien attaché à sa niche qui aurait pu les protéger. C'était ainsi que Judith avait vu s'édifier, mois après mois, année après année, une imposante ferme aux toits de chaume, aux murs en torchis et pan de bois, à partir d'une simple demeure. Aujourd'hui, c'était une maison où il faisait bon vivre que les paysans du voisinage décrivaient comme étant fort cossue à l'image des bourgeois de la ville.

Et elle avait raison de se réjouir, Judith, en avalant son bouillon de légumes.

La cheminée avait été bâtie contre le mur du fond afin que personne ne fût incommodé par la fumée contrairement à la plupart des habitations qui possédaient la leur au centre de la pièce principale, fournissant par la même occasion un air vicié difficilement respirable. Chez Noë, la particularité de ladite cheminée était les claies en bois fixées aux grosses poutres de soutènement qui permettaient de fumer et de sécher à la fois viande et saucisses. Nul ne savait par quel miracle ces sortes d'étagères pouvaient supporter le poids infligé par la nourriture stockée dessus, et ne devenaient pas la proie des flammes lorsque ces dernières venaient lécher, beaucoup trop près, le treillage.

Le sol en terre battue n'avait pas empêché le chef de famille d'installer de solides meubles en chêne. Lorsque la porte était ouverte, on découvrait une table, deux bancs, une huche, plus une armoire renfermant le linge de maison et la vaisselle en terre cuite. Quant aux ustensiles de cuisine en fer-blanc, ils étaient posés sur une modeste table en hêtre qui était destinée à la préparation des repas, laquelle se trouvait proche du chaudron pendu à la crémaillère.

Dans chaque chambre, le mobilier en sapin était en nombre identique. On y trouvait un lit à barreaux avec une paillasse remplie de pailles sèches, la literie se composant d'une chaude couverture en laine en plus des draps en chanvre, l'indispensable seau pour les besoins nocturnes et deux coffres, le premier étant destiné à ranger les vêtements propres et le second contenant ceux qui avaient été souillés les semaines précédentes, celui-ci étant ouvert seulement trois ou quatre fois l'an en vue de la grande lessive.

Judith avait fini sa soupe, Suzanne et Noë aussi.

Le père et la fille avalèrent leur dernière bouchée de pain et firent tomber les miettes qui traînaient sur la table dans leurs paumes. On ne gaspillait pas la nourriture dans la famille de Noë. On se souvenait de la famine ayant sévi trois ans auparavant à cause de cette maudite pluie qui avait contribué au pourrissement des grains sur pieds.

Ils repoussèrent ensemble le banc sur lequel ils étaient assis. Noë s'empara du panier à bûches qu'il avait posé à ses pieds, et sortit. Suzanne empila les gobelets, les cuillers et les bols dans le baquet. Elle les nettoierait demain lorsqu'il ferait jour. Elle laissa la cruche d'eau sur la table, éteignit la lampe à huile et vint s'asseoir sur la deuxième chaise en face de l'ancêtre au dos voûté. Noë rentra. Judith sentit la fraîcheur de la nuit balayée son front. Elle tira sa chaise plus près du foyer, prenant le risque que ses chaussons en poil de lapin fabriqués à partir de peaux cousues s'embrasassent à la première flammèche envolée

— Éloigne-toi ma bonne Judith, conseilla Suzanne d'une douce voix.

— Mes os remercient Noë d'avoir pitié de mon grand âge. Ton père prend soin de nous tous, y compris les journaliers.

Suzanne laissa échapper de ses lèvres un discret soupir qui retint l'attention de son père. Il s'approcha des deux femmes et les contempla avec tendresse. La jeune fille de seize ans avait jeté sur ses épaules un fin surcot sans manches qui s'accordait parfaitement à la couleur de sa robe en lin, cadeau de sa tante paternelle reçu pendant les fêtes du nouvel an. Son habillement de saison contrastait avec celui de la frileuse nourrice qui avait déjà revêtu une robe en futaine par-dessus une chemise à manches longues sans oublier la fidèle coiffe enserrant le chignon aux cheveux blancs comme la neige qu'elle remplacerait tout à l'heure par un bonnet de nuit. Noë se surprit à sourire. Il rangea son panier sous la table en hêtre et vint poser délicatement un morceau de bois dans le foyer. Il attrapa le tisonnier et secoua doucement les branches consumées, puis il souffla dessus jusqu'à ce que les flammes reprissent de la vigueur.

— Te rends-tu compte, ma petite, cinquante-deux fois j'aurai vu bourgeonner les arbres, la terre être labourée et les semences croître. Cinquante-deux fois, j'aurai vu les épis couchés par le vent, les corbeilles remplies de fruits juteux et...

— De nombreuses fois tu m'as montré comment carder et filer la laine de nos moutons, coupa Suzanne. Tout ce que je sais aujourd'hui, c'est toi qui me l'as appris avec le père. Je l'ai consigné dans les pages de notre précieux livre comme tu me l'as si souvent demandé. Mes dessins sont loin d'être parfaits pourtant, je m'y retrouve et, surtout, je garde en mémoire tes précieux conseils, mais je t'en prie, raconte-moi encore la beauté de ma mère. J'aime toujours entendre ce que tu me dis d'elle.

— Que te dire de plus que tu ne sais déjà.

À l'évocation du nom, tant chéri, un voile de tristesse passa sur le visage de Noë. Il avait tant aimé sa défunte épouse, qu'il n'avait jamais voulu se remarier, au grand dam des serfs qu'ils côtoyaient dans les champs. Bien qu'il fût respecté pour son savoir-faire et son courage à lutter contre les événements, ces derniers ne comprenaient pas son entêtement à perpétuer son veuvage. Ils ignoraient la douleur qui accablait Noë depuis l'accouchement, et l'ignorance de cette douleur alimentait les ragots lorsqu'ils se retrouvaient pendant le rare office dominical. "Suzanne est l'unique descendance. Pas de fils. Le couple est maudit." colportaient les paroissiens sur le ton de la confidence.

Dotée de biens considérables comparés aux leurs, la jeune fille allait apporter dans son trousseau un patrimoine qui était déjà fortement convoité par les soupirants des alentours.

Suzanne se leva. Elle abandonna le siège à son père et s'installa à même le sol, adossée contre les robustes jambes paternelles.

— Raconte-moi encore, Judith, supplia-t-elle.

— Marie était une femme courageuse et très belle.

— Tu possèdes l'éclat bleuté de ses yeux, ajouta Noë, et tu as hérité de sa chevelure soyeuse pareille à la couleur des blés mûrs. Comme elle, tu as laissé pousser tes cheveux jusqu'à la taille. Les mots qui sortaient de sa bouche étaient suaves à entendre. Je m'en souviens comme si c'était hier. Ta maman avait à peu près ton âge la première fois que je l'ai rencontrée, ma fille. Elle vendait des œufs pondus de quelques jours sur le marché. Elle avait aussi des poussins dans une cage. Ses longs cheveux balayaient sa figure à chaque fois qu'elle se penchait. Lorsqu'elle relevait la tête, son visage aux traits si fins m'éblouissait. Je pensais que nous vieillirions ensemble, la volonté de Dieu en a décidé autrement, conclut Noë en homme pieu en baissant la tête.

— Ton Dieu ne devrait pas punir la femme en l'obligeant à accoucher en pleine nature comme un animal, au lieu d'être dans son lit, une mère entourée des siens, râla Judith qui ne partageait pas son appartenance à une religion se permettant d'abandonner ses ouailles dans la tourmente. La dévotion de la vieille femme restait fidèle aux préceptes de ses aïeux.

— Tu n'as pas à te culpabiliser de ne pas avoir été présente, répondit Noë. Je te l'ai dit maintes fois et je vais me répéter afin de soulager ta peine. Ce jour-là, il y avait à faire à la ferme. Tu étais trop occupée avec les bêtes et puis, j'étais auprès d'elle. C'était la période des labours. La naissance s'était bien passée. J'avais l'habitude avec les vaches. La suite aurait dû aller de même. Elle a perdu trop de sang à la délivrance et je n'ai pas réussi à stopper le flot chaud et humide qui s'échappait de son corps. Le médecin aurait tardé à venir si j'avais demandé qu'il vienne de la ville et, de toute façon, il ne serait pas arrivé à temps pour la sauver, même l'accoucheuse aurait été inefficace. J'ai prié en vain la Sainte Marguerite en la ramenant chez nous après l'avoir installée sur le dos de la mule. Ta maman vacillait de droite à gauche. Je la maintenais comme je pouvais. Une distance d'une centaine de pieds qui m'a paru être des lieues avant d'atteindre la maison. Elle t'a maintenue entre ses bras durant le trajet. Elle te serrait contre elle, ma Suzanne. La joie transfigurait son visage grimaçant de douleur. Ce n'est pas notre faute, Judith, c'est le destin.

— J'avais consulté les astres, maugréa-t-elle. Les planètes étaient alignées. Elles présageaient un événement heureux. Cela n'aurait pas dû se produire. Un baptême et un enterrement à quelques jours d'intervalle. Bonheur et malheur confondus. Ce n'est pas humain de subir ça.

— Et tu l'as remplacée, continua Suzanne en se levant.

Elle posa la main sur l'épaule de sa nourrice pour la réconforter.

— Tu as su me donner l'amour dont j'avais besoin. Tu m'as nourrie.

— Avec du lait d'ânesse, je n'aurais jamais pu t'allaiter, ma petite, énonça Judith, apaisée par les phrases émises par sa protégée. Il n'empêche que son courage, à ta mère, lui a coûté la vie.

— Et cela ne se renouvellera pas, je t'en fais la promesse, ajouta Noë. Notre Suzanne mettra au monde ses enfants dans cette solide demeure et dans son lit comme les gens riches, quelle que soit l'heure du jour ou de la nuit, et au diable les bêtes. J'attends avec impatience ce jour nouveau où nous entendrons des gazouillis et des galopades peuplées de rires dans la maison et dans les champs.

— Si nos dieux m'accordent un sursis avant la mort, je t'aiderai à enfanter. Je ne quitterai pas ton chevet d'une seconde, crois-moi.

De l'injustice perçait à travers les propos de la dévouée nourrice, propos qui reflétaient l'ampleur de la différence entre son monde et celui des autres. Elle ne différenciait pas le seigneur de son vassal. Elle ignorait les bourgeois et les commerçants de la ville. Il y avait sa famille, celle de Noë, les serfs, les voisins, et puis il y avait tous les autres, les autres étant ceux qui aimaient le profit et la bourse gonflée de pièces, véritables pantins aux ficelles tirées par le vassal, lui-même à la solde du Seigneur dont la puissance devait protéger ses serviteurs, mais qui ne les protégeait pas, une paysannerie délaissée. Selon elle, les paysans oubliés, à la révolte étouffée, étaient des êtres qui subissaient moult pillages en une décennie.

— Oui, tu as raison, ma douce Judith, prononça Suzanne. Avec toi à mes côtés, je ne craindrai pas la douleur de l'enfantement.

— Cette douleur est bonne, ce n'est pas comme celle causée par la barbarie.

— Tu as de sombres pensées, ce soir, dit Noë.

— Elles sont dues à ce qu'on raconte au bourg.

— Et qu'as-tu donc entendu qui t'attriste autant ?

— Certaines personnes répandent la rumeur que le comte rassemble ses gens pour aller se battre contre des envahisseurs qui sont arrivés par l'est ou par le nord, j'ai oublié la direction mais qu'importe, ils sont à nos portes.

— Allons, nous sommes en paix depuis longtemps, affirma Noë dans le but de la tranquilliser.

— Pour sûr, nous n'avions plus rien dans nos greniers. À la ville, ils dévoraient n'importe quoi, même des rats, justifia Judith, quand ce n'était pas sur les étals que se vendait la chair humaine à prix d'or à la place de la viande habituelle.

— J'ai le sentiment que les paroles que tu nous rapportes ne sont que des ragots afin de donner plus de grains au compte de Langres lors de la prochaine collecte, suggéra Noë. Ainsi que tu l'as si bien énoncé, nous avons récolté beaucoup cet été, et nous pourvoirons aux semences de l'année prochaine. Le seigneur protégera son peuple, j'en suis persuadé. Il ne laissera pas le comte faire ce qu'il lui plaît. Il faut bien que mange Sa Seigneurie. Si jamais il restreint notre pitance pendant l'hiver, nous serons affaiblis par un jeûne forcé. Aura-t-on assez de force pour travailler les sols dès que les beaux jours seront là ? Non. Alors, ne t'inquiète pas.

— Justement, peut-être est-ce la raison pour laquelle il lève des troupes. Il craint que des affamés franchissent nos frontières et lui volent ce qui lui revient de droit. De tristes époques qui ne finissent jamais, soupira Judith dont la mémoire ne pouvait effacer les cris de terreur et les visions de la guerre. Il y a eu d'abord les attaques des Vikings du Nord, puis ce furent celles de l'Est avec les Hongrois et celles du Sud avec les Sarrasins. La disette passée, c'est au tour des barbares de nous prendre le peu que nous ayons.

— Allons, ma bonne nourrice, éloigne de ton esprit ces mauvaises pensées qui te tracassent, conseilla Suzanne, sinon tes rêves se transformeront en cauchemars.

— Ou en songes prémonitoires.

— Dieu nous préserve de ces rêves envoyés par le diable, et sur ces sages conseils, je vous propose d'aller nous coucher avant que le feu ne s'éteigne complètement. Demain est un grand jour pour notre famille. J'irai apporter au château les légumes et les volailles dont le cuisinier d'Aigremont a besoin en vue des fiançailles de la sœur du comte. Je profiterai de ce voyage pour faire moudre quelques grains d'épeautre chez Grégoire puisque je lui donnerai les sacs de blé destinés aux réjouissances. Il me faut atteler les bœufs de bonne heure et avancer avec le soleil levant si je ne veux pas rentrer à la nuit tombée.

— Soyez prudent, père, murmura Suzanne. Les mots de Judith m'effraient.

— Il ne faut pas, ma fille. Je me renseignerai auprès du meunier. Endors-toi sans y penser.

— Vous avez sans doute raison. Je vais de ce pas me glisser sous les draps tant que la lueur rougeoyante des braises m'éclaire jusqu'à mon lit. Bonne nuit, père.

— À toi aussi, ma fille.

Noë ferma la porte de sa chambre, en fronçant les sourcils, tendu par l'inquiétude qui s'immisçait en lui. Il s'était opposé à ce que Judith avait raconté, mais un doute le tenaillait.

En voyant les yeux clos de l'ancêtre, Suzanne ôta sans faire de bruit sa robe. Elle lissa les plis avant de la poser à plat sur l'un des deux coffres. Elle enfila une longue chemise et se coucha dans le grand lit. Blottie contre celle qu'elle considérait comme étant sa mère, elle s'efforça de chasser ses appréhensions.

II

Le jour tardait à vaincre la nuit. Les rayons du soleil n'arrivaient pas à percer le brouillard qui noyait l'horizon dans un ton de gris larmoyant. Lorsque Noë ouvrit la porte du logis, il ne put distinguer la lisière de la forêt qui délimitait sa propriété. Les contours flous du paysage lui rappelèrent soudain les propos tous aussi flous que Judith avait tenus la veille au soir. Il s'arrêta net au milieu de la cour, paralysé par une pensée plus effrayante que la vision d'un spectre : la dissipation de son trouble céderait-elle la place à une dure réalité ? Il détestait ce sentiment d'incertitude. Son esprit oscillait entre savoir et se défendre au péril de sa vie, ou bien fuir et sauver sa peau des griffes de l'enfer avec un sentiment de lâcheté. Dilemme.

Affronter la vérité et ne jamais douter en la bienveillance de Marie qui nous protège, pensa-t-il. Telle a été notre devise durant toutes ces années et je m'y tiendrai quoiqu'il advienne.

Ce fut à cet instant précis qu'il sentit les gouttelettes sur son avant-bras dénudé. Il chassa ces obscures pensées d'un haussement d'épaules et marcha vers l'étable tel un automate en s'abstenant de continuer à tergiverser.

Les ruminants s'éveillèrent au grincement des gonds. Une vache meugla de mécontentement à la vue de Noë saisissant la fourche. Il poussa les bovidés contre le râtelier et s'attaqua à entasser le fumier dans un coin de l'étable, tout en sachant qu'il lui faudrait l'enlever à son retour. Il étala de la paille fraîche. Il donna le fourrage aux bêtes en prenant soin de doubler la ration des deux bœufs. Il les attellerait tout à l'heure. La vision des bêtes avalant leurs aliments le réconforta. Cela lui évoquait l'apaisante continuité d'une vie de labeur gratifiante. Il referma la porte de l'étable et se dirigea vers le bâtiment d'en face.

En entrant dans le hangar où étaient entassées les gerbes d'épeautres, de blé, de seigle et d'orge, il comprit que, malgré l'aide qu'il avait sollicitée auprès de ses voisins moyennant quelques deniers, il n'arriverait pas à battre les épis avant plusieurs semaines. La prise de décision fut rapide. Il décréta qu'il profiterait de l'opportunité qui s'offrait à lui avec ce déplacement pour engager quatre ou cinq journaliers afin de terminer le battage avant novembre. Il offrirait à ses ouvriers supplémentaires le gîte et le couvert en plus d'un subside ce qui démontrerait sa bonté chrétienne à l'ecclésiastique au prochain office.

Ma brave Suzanne a été de bons conseils lorsqu'elle a suggéré de cloisonner l'espace des moutons afin d'y installer plusieurs paillasses, pensa-t-il. Elles serviront de nouveau cet hiver.

Noë s'empara d'un sac de grains et le chargea sur son dos. Il l'emmena jusqu'à la carriole qui stationnait dans la cour. Il refit le voyage deux fois, puis se dirigea vers le potager. Il arracha une poignée de poireaux qu'il jeta dans le seau destiné à la livraison des denrées. Il cueillit les derniers haricots secs qui rejoignirent les autres légumes et fila vers le poulailler avec le seau bien garni. Là, il remplit un panier d'œufs frais et attrapa deux poulets dont il lia les pattes avec une ficelle. Les pauvres volatiles se débattirent désespérément en brassant l'air de leurs ailes jusqu'à ce qu'il les déposât dans la petite charrette. Entravés, ils se résignèrent à leur triste sort.

Noë retourna chercher la suite. Lorsqu'il eut terminé son chargement, son estomac réclama lui aussi sa pitance. Il avait faim.

En pénétrant dans la maison, il vit que Suzanne était déjà à l'ouvrage, penchée au-dessus du chaudron. Elle avait garni la table pour un petit-déjeuner copieux : un pichet de vin, un d'eau, du fromage, le reste de pain et des œufs dans un poêlon. Les trois bols salis avaient été nettoyés ainsi que les verres et les couverts. Habillée d'une simple robe de drap, elle avait remonté ses manches, dévoilant une peau laiteuse. Les doigts encore rougis par l'eau froide qu'elle venait de tirer du puits, elle tournait la cuillère en bois dans la soupe de la veille en faisant des huit.

— Bonjour, Père. J'ai ajouté une grosse tranche de poitrine fumée qui vous apportera force et endurance, murmura Suzanne. Vous en aurez besoin pour endurer le voyage. Je trouve que vous n'avez guère d'appétit en ce moment. Je parle bas. Judith dort toujours.

— Elle vieillit, répondit-il en s'asseyant en face de lui.

Il tendit son bol.

— Elle me manquera lorsque le dernier souffle quittera son corps, confia Suzanne.

— Elle nous manquera à tous. Elle est l'âme de cette maison et semble l'ignorer.

— Elle le feint mais elle connaît la puissance que son esprit dégage.

Noë se renfrogna. Il n'aimait pas les allusions de sa fille. Il ne souhaitait pas continuer cette conversation en ce sens et changea de sujet.

— Rappelle-toi que j'emporte trois sacs pour Grégoire, tu auras de la farine ce soir, tu n'auras pas à utiliser le mortier cette semaine.

— Et je pétrirai une boule de seigle demain avec Judith. Nous la cuirons dans la soirée, dit-elle en lui rendant son bol rempli à ras bord. J'espère que le résultat sera meilleur que la semaine dernière en ne brûlant pas la croûte, ajouta-t-elle en s'asseyant à côté de lui.

— Je ramènerai une miche cuite dans le four de Grégoire, une bonne miche de pain blanc comme vous aimez, toi et Judith, répondit-il, la bouche pleine.

— Vous nous gâtez trop. Nous la mâcherons avec plaisir, père. Prenez-en aussi une d'épeautre, je doute de mes capacités de boulangère ! S'exclama Suzanne en riant de bon cœur en oubliant sa nourrice endormie.

— Tu y arriveras un jour mais je vais suivre ta recommandation, ma fille.

— À force de persévérance, je trouverai bien le moyen de cuire ce pain dans un pot en terre au lieu de le placer sur une plaque en fer en guise de sole. Je sais que tout le monde procède de cette manière à la campagne, et Judith aussi, mais si on ne fait pas attention, on risque de se brûler en le posant ou en l'enlevant. J'attendrai d'avoir obtenu une quantité de braises suffisantes, et je n'écouterai pas l'impatiente Judith qui ajoute bûche après bûche dans le foyer de peur de manger un pain pas assez cuit. Les flammes lèchent les parois du pot et la chaleur à l'intérieur du récipient est certainement beaucoup trop élevée. Elle finit par casser la levée et j'obtiens une espèce de galette à peine mangeable. J'ôterai peut-être le couvercle, ainsi, j'aurais moins de condensation, enfin, je crois.

— Ne sois donc pas si dure avec toi-même. Ta galette, comme tu l'appelles, n'a jamais nourri la volaille jusqu'à présent, et je te le prouve à l'instant que ton pain est aussi bon que celui de Grégoire.

Alliant le geste à la parole, Noë coupa en deux la galette en question et enveloppa dans un linge un des deux morceaux. Il y ajouta du fromage.

— Je me restaurerai en chemin.

— Ajoutez donc quelques pommes à votre frugal repas sinon je doute que vous soyez rassasié avec ce que vous emportez dans votre musette, dit-elle en souriant. Et n'oubliez pas la gourde en peau. Ne goberiez-vous pas un œuf avant de partir ?

— Ma foi, pourquoi pas ? Je n'ai guère le temps d'un lait de poule. La bruine diminue. Je vais pouvoir me mettre en route.

— Je viens vous aider. Je dois apprendre à maîtriser l'usage de l'attelage autant que celui de l'araire, déclara-t-elle sur un ton péremptoire. Il me faut progresser. Et remplacer le fils que vous n'avez pas eu, maman et toi, pensa-t-elle.

Noë était souvent surpris par la volonté qu'affichait sa progéniture à vouloir être l'égal d'un homme. Oubliant son corps de jeune femme, Suzanne pestait contre la force qui lui manquait et usait de moult stratagèmes pour remédier à cette faiblesse physique qu'elle considérait comme un handicap. Que ce fut dans les champs à manier la faux en période de moisson ou à la ferme à utiliser l'outil pour renouveler les litières, son caractère tenace lui permettait de venir à bout des tâches ingrates sans afficher la moindre douleur. Noë récusa l'affirmation par principe et accepta par impuissance. Il aurait tant aimé qu'elle ressemblât à ces nobles demoiselles parées de beaux atours, brodant et jouant du luth, au lieu de se livrer à des travaux réservés d'ordinaire à la gent masculine.

— Couvre-toi, ordonna Judith en traînant les pieds.

Réveillée par le rire cristallin qu'elle avait perçu à travers la cloison, elle était sortie de la chambre, emmitouflée. Elle avait mis plusieurs couches de lainage sur son fragile dos et disparaissait sous elles.

— Tu vas nous attraper du mal habillée de la sorte. Si tu sors ainsi, ta poitrine sifflera avant les frimas et je serai obligée de te clouer au lit, enduite de cataplasmes.

À l'idée d'être fiévreuse et cloîtrée, Suzanne attrapa en vitesse le mantelet pendu à la patère et s'empressa de rejoindre son père avant qu'il ne sorte lui-même les bœufs.

Dieu que cette enfant est têtue, marmonna Judith en humant l'agréable odeur qui s'échappait du chaudron. Elle ira loin, beaucoup plus loin que moi. Elle est débrouillarde. À son âge, je l'étais moins, et elle apprend vite. Bientôt, elle prendra son envol. Voyons un peu ce qui a parfumé la maison.

Judith enfonça la louche dans le brouet.

Elle a ajouté du cochon en pensant à Noë, constata-t-elle. Cette petite possède une grandeur d'âme. Je bénis les dieux qui l'ont vu naître.

La nourrice écouta les bruits familiers provenant de l'extérieur. Les beuglements se mêlaient aux aboiements du chien qui était en train de s'étrangler à force de tirer sur sa corde. Puis elle entendit Noë jurant après les bœufs qui rechignaient à relever leur tête, refusant le joug. Elle imagina la scène, le père brandissant la verge et la fille protégeant les museaux en s'interposant entre lui et les bêtes. Elle s'approcha de la fenêtre en tenant fermement entre ses doigts son bol de soupe fumant. D'une main, elle débloqua la targette, ouvrit et poussa le volet.

Les deux animaux avaient perdu la partie. Ils attendaient maintenant le signal du départ. Suzanne avait libéré le chien. Il jappait autour de son maître, désireux de lui communiquer son envie de partir avec lui en promenade.

— Tiens le, Suzanne. Il va finir par me les effrayer à sauter comme ça.

— C'est encore un jeunot.

— Jeunot ou pas, rentre-le dans la maison pendant que je termine, répondit Noë sèchement.

Il en voulait à sa fille de l'avoir détaché. À regarder les bœufs s'agiter en levant leurs pattes l'une après l'autre, il sut qu'il aurait du mal à les calmer avant de partir.

— Il me reste à vérifier si la Rousse ne vêlera pas aujourd'hui.

— Roland et Honoré s'en chargeront, Père. Ils connaissent la chose. Vous pouvez avoir confiance en eux. Ils la surveilleront entre deux battages de gerbes.

— Oui, je sais, mais je préfère y jeter un œil malgré tout. Ça va me rassurer sinon je vais y penser tout le long du parcours.

Suzanne n'insista pas. Tenant fermement le chien par le collier, elle entrouvrit la porte et le poussa vers l'intérieur. Elle referma prestement derrière lui. Le Chien, c'était son nom, prit un air penaud en se retrouvant face à la nourrice. Il se souvenait très bien de la volée des coups de bâton qu'il avait reçus venant de sa part lorsqu'il avait voulu jouer avec les poules dès son arrivée. Il n'avait pas compris pourquoi certaines ne bougeaient plus tandis que d'autres avaient fui en piaillant. Judith l'avait trouvé assis au milieu de la cour, étudiant son œuvre, des plumes dans la gueule. Depuis ce jour maudit, il se tenait sur ses gardes en sa présence et être enfermé là, seul avec sa tortionnaire, ne lui plaisait pas du tout. Méfiant, il alla se coucher, tête basse, auprès de l'âtre rougeoyant. À défaut d'être invisible, au moins il sécherait ses poils humides.

Te revoilà, toi, grommela Judith. Tu as intérêt à te tenir tranquille, sinon.

Elle imita le geste de la correction. Le chien s'aplatit immédiatement comme une crêpe à la vue de la main tendue.

Il ne sera pas facile à dresser, celui-là, rouspéta-t-elle en l'observant. Je me demande quel est l'idiot qui a prétendu que tu deviendrais un as de la chasse. Tu vas être l'unique épagneul à ne pas savoir comment lever le gibier et le rabattre pendant que ton maître braconne. Enfin, au moins tu gueules devant des inconnus, c'est déjà ça, tu avertis, et pousse-toi donc un peu que je m'installe au coin du feu. Ce n'est pas Dieu possible une bête comme toi.

Pendant ce temps, Suzanne était en train de caresser la rêche crinière de Cadichon avant de lui donner son foin. Elle commençait toujours à le nourrir en premier, sa façon de le remercier à supporter le bat souvent chargé de fagots, ce qu'elle s'empresserait de faire dans la matinée après avoir bouchonné ses flancs et brosser ses poils, comme elle le pratiquait tous les jours en ce moment.

Soudain, elle entendit le bruit caractéristique des roues raclant la terre.

— Attendez, cria-t-elle en courant. Je vous ouvre, père.

Noë tourna le buste et lui fit signe. Il tira légèrement sur les rênes. Lorsqu'il s'apprêta à franchir l'entrée, Suzanne se hissa comme elle put et frotta sa joue contre la sienne en une effusion de tendresse. Les mots qu'elle aurait aimé lui dire restèrent bloquer au fond de sa gorge. Elle lui souhaita un bon voyage mais le timbre de sa voix sonnait faux tant son appréhension était grande.

Parcourir seul les six lieues qui séparent la maison du château n'est pas raisonnable, pensa-t-elle en bloquant la barrière.

Un frisson la parcourut en se dirigeant vers l'écurie.

III

Quelques nappes de brouillard persistaient dans le vallon par endroits.

L'attelage peinait à monter la côte. Il avait quitté la plaine aux champs labourés depuis longtemps et il gravissait maintenant la voie caillouteuse qui menait au château. La route était sinueuse, bordée par une haie de chênes centenaires. Les bœufs soufflaient par leurs naseaux l'effort fourni. La rosée ayant disparu, les roues crissaient, métal contre cailloux, des pierres roulant sur leur passage. Le conducteur craignit le retour. Il évalua la difficulté.

Satané chemin où la carriole s'embourbe après la pluie et qui éprouve les bêtes, ragea Noë. Je devrais venir avec la mule. Elle, au moins, elle a le pied sûr, seulement, en contrepartie, je devrais me déplacer plus souvent, elle porte moins. En y réfléchissant à deux fois, ce n'est pas un bon plan. Il faudra que je trouve une autre méthode.

Les deux animaux épuisés n'arrivaient plus à avancer. Noë avait beau les encourager pour le quart de lieue qu'il leur restait à parcourir, criant des " à hue et à dia ", rien n'y faisait, les bœufs avaient adopté un pas nonchalant. Il renonça à les frapper avec la verge et regarda au loin. Des marchands arrivaient dans une autre direction. Lorsqu'ils furent à portée de vue, il remarqua que l'un d'eux transportait des étoffes chatoyantes. Elles pendaient à l'arrière de son chariot, chatouillant les herbes, réfléchissant la lumière à la manière d'un stroboscope.

Elles ont dû glisser dans la montée comme vous, les bestiaux, dit Noë à voix haute. Je verrai bien ma petite Suzanne enveloppée dans un de ces jolis tissus aux reflets changeants. Je me félicite d'avoir emporté plus de deniers que d'habitude ce matin. Ma princesse mérite cette dépense. Elle va enfin ressembler à une demoiselle. Cela fait si longtemps que j'attends une telle occasion et elle n'est pas là pour me contredire. Elle ne pourra pas m'obliger à renoncer à cet achat trop coûteux à ses yeux.

— Holà, mon brave, héla Noë. Y a-t-il de quoi vêtir une belle jeune fille dans ce que tu nous amènes ?

Le marchand se retourna et dévisagea celui qui s'adressait à lui sur sa gauche. Encore un bouseux, pensa-t-il. Il arrêta sa monture et se laissa distancer. Il attendit que la carriole arrive à sa hauteur tout en détaillant ce château qu'il ne connaissait pas.

L'oriflamme du vassal flottait en haut de la tour de guet en bois, le mur d'enceinte était en rondins de même que le pont-levis, une lourde porte cloutée servait d'ouverture et son vantail était maintenu à la verticale par des chaînes.

Pas de douves, s'étonna l'homme au long manteau. Seuls quelques morceaux de bois empilés pour défendre des pierres. Un fortin amélioré en quelque sorte. J'ai vu de meilleures défenses dans les contrées lointaines. Il n'y a que ces chaînes qui, lorsqu'elles seront libérées, entraîneront une fermeture immédiate. Drôle de protection.

Peu convaincu, le marchand cracha la chique qu'il mâchait depuis une heure. Lorsque Noë fut à son niveau, il daigna répondre à sa question tout en reprenant sa marche.

— Faut voir ce que ta bourse contient.
— Je gage qu'elle suffira pour un de tes fichus.
— Va pour un fichu, l'étranger. Je serai sur la place, et inutile de marchander, ajouta-t-il tout bas.

Ils pénétrèrent dans la petite forteresse l'un après l'autre. Les remparts abritaient un vaste ensemble de demeures disparates, tant en hauteur qu'en largeur. Elles étaient reliées entre elles par un réseau de venelles aboutissant à la cour intérieure et aux murs dudit château. Tout un monde se côtoyait là. Des artisans s'étaient regroupés par commodité. On trouvait le maréchal-ferrant proche du forgeron ou le menuisier à côté du sabotier. Déambulaient aussi les bourgeois et leurs contraires les mendiants.

Noë s'arrêta chez Grégoire. Il gara l'attelage devant un vieillard édenté et crasseux en train d'avaler une bouillie de son. Assis par terre, adossé à la porte rabattue de la boutique, les jambes en travers du seuil, il profitait de la chaleur dégagée par le four. Noë faillit lâcher son premier sac de blé lorsqu'il l'enjamba pour entrer.

— Eh là, mon ami, lança Noë, ce vieux en guenilles exhale une odeur nauséabonde qui se mêle à celle délicate de tes fournées. Il nuit à ta clientèle.

— Laisse donc, répondit Grégoire. Dès qu'il aura fini son bol, il partira. C'est comme ça tous les jours. C'est ma façon de pratiquer la charité et cela me dispense de l'office dominical.

Noë acquiesça d'un mouvement de nuque, appréciant la ruse, ce qui ne l'empêcha pas de pester contre cet individu qui l'empêchait de manœuvrer aisément. Après s'être assuré que la mouture du seigle serait prête en deux heures environ, et que l'attelage serait gardé par le fils du meunier, il marcha vers les cuisines du château.

Là, il livra ses poulets, ses légumes et ses œufs. Sachant qu'il avait du temps devant lui, il s'attarda à bavarder avec la cuisinière Guenièvre, grosse femme d'âge mûr, au nom qu'il trouvait prédestiné, ayant un rapport évident, selon lui, avec sa profession, car il lui rappelait les petites boules de genévrier que le marchand d'épices faisait venir du sud du pays. Il discuta avec elle des futures recettes qu'elle inventerait avec les produits qu'il lui avait amené aujourd'hui.

Les idées ne lui manquaient pas à Guenièvre. Elles fusaient. Au cours de cette conversation fort animée, elles emportaient Noë vers des saveurs qu'il ignorait jusqu'à l'existence. En écoutant parler la matrone, il essayait de visualiser les plats qu'il évoquerait ce soir au cours du souper afin que Suzanne puisse s'en inspirer. Sa fille était douée en cuisine. Elle savait transformer un simple ragoût en un repas de fête grâce aux plantes aromatiques qu'elle avait appris à reconnaître depuis sa tendre enfance. Il n'avait jamais su comment elle réussissait cette prouesse, lui qui était ignare de ce côté-là. La cuisine est une affaire de femmes, proclamait-il, et pas un seul homme de la contrée ne l'aurait contredit sur ce point. Ses connaissances masculines n'avaient jamais élaboré le moindre mélange de denrées alimentaires et n'avaient pas l'intention de commencer.

Il partagea avec Guenièvre une épaisse tranche de jambon. Pendant qu'ils déglutissaient, Noë s'extasia en regardant l'énorme cheminée qui aurait pu contenir un cerf entier. Pourtant, il en connaissait parfaitement le volume, seulement, il ne pouvait détacher son regard. Il était subjugué par les proportions grandioses qu'elle offrait. Pour l'heure, en guise de gibier, c'étaient seulement cinq lapins dodus qui avaient été embrochés et qui rôtissaient grâce à un mouvement lent de rotation imposé par le marmiton, parfumant ainsi la pièce d'une agréable odeur de viande grillée. Le jus recueilli dans le plat en terre cuite, placé juste en dessous, tenta celui dont le ventre criait famine à l'approche de midi. Guenièvre rompit un reste de pain et intima l'affamé à saucer, prétextant qu'elle avait besoin de son appréciation gustative, car l'enjeu à satisfaire le châtelain était important.

Il y va de ma vie, dit-elle en pouffant.

Noë se prêta au jeu. Il trempa la mie dans le liquide graisseux. Il porta à sa bouche le morceau de pain dégoulinant de graisse et recommença l'opération trois fois sous l'ordre émis par la cuisinière à vouloir le sustenter par ce truchement. Rassasié, il prit congé et partit en direction du marché, le panier vide à son bras. Il avala en chemin le fromage pris ce matin. Il mastiqua ainsi jusqu'à la place et croqua ensuite dans la pomme.

Ici, la liesse était palpable. Elle se lisait sur les visages des habitants endimanchés se préparant pour la célébration des fiançailles. Noë chercha le marchand parmi les nombreux étals. Il contempla les diverses marchandises qui étaient proposées aux clients. On y trouvait pêle-mêle les denrées de base telles que des betteraves, des noix, etc., et des fruits en provenance de pays inconnus comme des figues ou des olives noires de Grèce baignant dans une espèce d'eau beaucoup trop salée au goût de Noë, mais qui avait ravi le palais de sa fille. Des dames arborant de belles toilettes admiraient les objets raffinés comme ces magnifiques porcelaines fabriquées en Chine qui étonnèrent Noë.

Au milieu des chariots et des tréteaux, des poules, des oies et des canards s'empiffraient de détritus en toute quiétude, à l'aise parmi ces choses hétéroclites, essuyant parfois leurs becs et leurs plumes aux chausses ou au bas des robes. Nul n'aurait songé à éloigner de la place ces nettoyeurs se gavant d'immondices. Soudain, les caquetages et les gloussements se mêlèrent au grouillement d'un porc surgi de nulle part. Il se joignit à la mêlée, bousculant les bourgeois avec son groin, reniflant les mollets, effrayant les jouvencelles.

Amusé par la perturbation que causait l'animal au milieu de la foule joyeuse, Noë scruta les têtes et les chapeaux. À dix mètres devant lui, il aperçut le marchand de tantôt. Il gesticulait en levant au-dessus de sa tête une pièce de toile aux couleurs de feu. Noë comprit en observant ses mimiques qu'il tenait à prouver le miroitement du bien montré aux bourgeois indécis. Il s'approcha du groupe en jouant des coudes. En le voyant arriver, une dame quitta l'étal, désireuse de s'éloigner le plus vite possible de ce paysan au grossier comportement et à l'odeur suspecte. Le marchand fronça les sourcils, irrité, évaluant la perte du gain. Il estima qu'il devait se débarrasser du gêneur dans l'instant. Il lui fallait agir vite. Il étala quatre fichus en lin de tons différents, tous délicatement brodés avec des fils d'argent représentant un massif de roses. Il ne s'était pas donné la peine de diversifier les motifs. Il empocha les huit deniers qu'il glissa prestement dans sa bourse et reprit son manège sans jeter le moindre regard à l'homme qui s'en allait.

Noë souleva sa tunique et coinça le morceau de tissu dans sa ceinture, voulant cacher ainsi son inestimable trésor. Accoutré de la sorte, il regagna l'antre de Grégoire. Celui-ci avait déjà préparé la commande. La mouture était prête à remplir le sac de jute, les deux pains tiédissaient à côté.

Après avoir bu un gobelet de vin que l'invité jugea âcre, les deux hommes se donnèrent l'accolade en guise d'au revoir.

Noë reprit le chemin du retour, satisfait d'avoir accompli sa mission. Les bœufs progressaient plus rapidement qu'à l'aller. Ils étaient beaucoup moins chargés et, surtout, ils avaient une forte envie de ruminer dans l'étable une botte de foin au point que cette envie leur tenaillait la panse. Ils allongèrent le pas dans la sente pentue au risque de se rompre le cou et de faire chavirer la carriole.

Noë voulut les ralentir. Il tira sur les rênes d'un coup sec. Ignorant l'ordre, au lieu de freiner leur course, les bœufs accélérèrent de plus belle, sollicitant toute la puissance de leurs muscles. Il s'irrita de leur conduite et comprit trop tardivement la nervosité des bestiaux.

Une horde de brigands à cheval, attirés par les festivités, surgit du sous-bois. Ils immobilisèrent l'attelage en un éclair. Ils inspectèrent le contenu de la petite charrette. Rendus furieux par le peu qu'elle contenait, ils invectivèrent le conducteur. L'un d'eux avait un faciès déformé : le nez crochu, l'œil mauvais qui cherchait l'empoignade, un menton en forme de pointe et une cicatrice large d'un pouce lui barrant la joue gauche. Il se jeta sur le siège avant. Il voulait en découdre et dépouiller Noë. Il s'empara de la bourse que ce dernier lui tendit afin d'obtenir la vie sauve. En réponse, l'homme à l'attitude hargneuse lui planta sa dague dans le ventre et l'enfonça dans la chair de la malheureuse victime en un mouvement de bas en haut jusqu'à ce qu'elle transperçât les poumons.

Pressés d'en finir, les brigands fouettèrent les bœufs et projetèrent d'attaquer un autre voyageur en invoquant le ciel de leur accorder la chance qui leur avait fait faux bond cette fois-ci.

Calmés, les bovins atteignirent la plaine en reprenant la cadence de leurs pas nonchalants. Petit à petit, le souffle manqua à Noë. Blessé à mort, il savait qu'il était en train de se vider de son sang. Ses pensées s'envolèrent vers Suzanne. Il la vit nourrisson, si fragile entre ses bras, attrapant une mèche de ses cheveux avec ses petits doigts potelés ; il la vit bébé, marchant à quatre pattes, et enfant, courant après le Chien ; il la vit dans les champs, serrant fermement le manche de l'araire, et l'aider à extirper un des veaux de la Rousse l'an passé ; il la vit semer à la volée au printemps et glaner après la moisson ; il la vit manier le rouet et tirer l'aiguille ; il la vit s'épanouir aux côtés de Judith comme une fleur sauvage et il sut qu'il ne la reverrait plus, qu'il partait rejoindre sa Marie. Sa vue se brouilla. Il cessa de respirer en serrant contre sa poitrine le fichu ensanglanté aux fils d'argent. Il n'eut pas le temps de voir les fumées ourlant l'horizon.

IV

La jeune fille avait promis. Elle serait rentrée avant que le crépuscule ne transformât en un gris bleuté ce ciel devenu nuageux, le bleu estival ayant disparu au fil des heures. Elle avait quitté la ferme immédiatement après le repas, laissant Judith, Roland et Honoré œuvraient au battage tout en surveillant la Rousse.

L'âne broutait dans un coin, heureux d'être là à déguster les derniers pissenlits de la saison. Suzanne avait lâché la longe et ramassait de fines branches qu'elle lierait plus tard en fagots. Pour l'instant, elle se contentait d'accumuler des tas tous les dix mètres. Inconsciemment, elle avait tracé des lignes sur le sol avec l'empreinte de ses pas et celles des tiges, ébauchant une forme géométrique dont l'équidé en était le centre, et qui avait fini par dessiner une sorte de pentagramme. Le dos endolori à force de se courber vers le plancher des vaches, elle évalua la quantité, en apprécia le résultat en tournoyant sur place et décida de mettre fin à cette corvée.

D'un geste maintes fois répété, elle façonna les branchages en de solides faisceaux qu'elle attacha sur le bât, puis elle récupéra la longe et s'enfonça plus profondément dans les bois, la main gauche agrippée au licol, la droite serrant la corde, à la recherche des premiers champignons.

À défaut de ramasser des cèpes précoces, dit-elle en s'adressant à son compagnon d'excursion, nous ramènerons des glands que Judith pourra faire griller et piler. Et si nous avons de la chance, nous trouverons encore des noix au pied du noyer dans la clairière, sans compter que les noix calment les esprits et Judith en a sacrément besoin avec les propos sinistres qu'elle nous a raconté hier soir. Il nous faudra aussi rapporter des tiges de douce-amère, le stock s'est épuisé avec ce qu'a bu ma bonne nourrice durant l'hiver. Ses articulations sont de plus en plus douloureuses chaque année.

L'âne remua ses oreilles, regarda autour d'eux, mais non, c'était bien à lui qu'elle causait. Alors, il secoua ses antérieurs dans le but d'approuver ce qu'elle venait de dire comme s'il comprenait.

Suzanne se méprit. Elle crut qu'il voulait se débarrasser du fardeau imposé. Elle lui caressa la crinière et se serra contre ses flancs.

Deux chargements en une journée semblent maintenant te fatiguer, mon Cadichon, soupira-t-elle. Je ne me rends pas compte de l'épreuve que je te fais subir. Ta jeunesse est derrière toi. Je te ménagerai dorénavant. Pour toi aussi, je mélangerai l'infusion de douce-amère à ton eau du matin. Tu auras désormais le même dosage que Judith concernant ce remède. J'estime ton poids égal au sien. Je ne crois pas me tromper. Assez parlé. Dépêchons-nous d'atteindre le noyer car la clarté diminue.

La récolte des ingrédients fut au-delà des espérances. Très vite, Suzanne avait rempli la poche de son tablier de noix et de glands, et il restait au sol une grande quantité de fruits parmi les feuilles sèches que la jeune fille reviendrait chercher le lendemain. En revanche, il n'avait pas assez plu. Les champignons restaient enfouis sous terre. Il lui restait à casser les rameaux de morelle sur le retour.

Lorsque Suzanne atteignit la lisière de la forêt, elle plaqua sa main sur sa bouche, puis un "oh, non, pas ça" jaillit de sa poitrine, un hurlement si aigu qu'il effraya les oiseaux aux alentours. Elle tira sur la longe et se mit à courir sur le sentier. Cadichon commença à trotter, mais lorsqu'il réalisa le pourquoi de cette folle course, il refusa d'aller plus loin et planta les sabots. Stoppée dans son élan, Suzanne lâcha la corde et s'élança, seule, vers la demeure, coupant à travers champs.

V

À bout de souffle, le visage inondé de larmes, Suzanne perçut avant même d'être arrivée à destination les cris des bêtes apeurées. Les plus chanceuses avaient réussi à échapper au drame. Elles décampaient, ne sachant pas quelle direction prendre, plumes et poils roussis. D'ailleurs, Suzanne évita de justesse le jars qui fonçait vers elle lorsqu'elle franchit la barrière brisée avec violence. En s'approchant, elle ressentit aussitôt la chaleur de l'incendie. Des débris ardents volèrent au-dessus d'elle et retombèrent en se déposant sur ses cheveux détachés. Elle secoua la tête. Les toits de chaume flambaient comme des fétus crépitant à l'unisson, cendres et braises flottant dans l'air comme une poussière d'étoiles. Le feu s'était déjà propagé de l'habitation principale aux bâtiments annexes, dévorant le foin stocké et les gerbes en attente, gourmand de ces herbes sèches. Des pierres éclataient par moments, projetant des éclats jusqu'à atteindre l'homme blessé au milieu de la cour. Allongé sur le dos, Honoré agonisait. La stupeur se lisait encore sur le visage du moribond. Ses traits avaient gardé une expression de terreur au regard fixe. Ses lèvres contractées exprimaient la souffrance infligée par la lame d'acier ayant atteint le cœur. Un seul coup d'épée, précis, direct, donné par celui qui en a l'habitude.

Devant la porte de la demeure, le corps éventré du Chien gisait. Les tripes à l'air avaient attiré les mouches malgré la fournaise environnante. Celles-ci se repaissaient du mets offert, bourdonnant de délectation. Suzanne déduisit qu'à la posture de l'animal, gueule ouverte prête à mordre, bobines retroussées et sang sur les crocs, il avait vaillamment défendu ses maîtres. Une bagarre intense s'était déroulée ici, entre le canidé, le serf et l'assaillant, une bagarre brutale, d'une ardeur acharnée avec un unique but : tuer.

Ne pouvant plus rien faire pour eux, Suzanne courut vers le puits. Elle ôta rapidement son mantelet et le trempa dans le seau posé sur la margelle. Lorsqu'il fut imbibé d'eau, elle s'en couvrit le corps et la figure, puis se rua dans la pièce à vivre de la maison.

Suffoquant, les yeux larmoyants, aveuglée par la fumée, elle chercha Judith. Elle heurta quelque chose de mou, se pencha et découvrit la vieille nourrice, étendue sur le sol, les deux mains autour de son cou dans l'espoir d'arrêter le précieux liquide rouge qui s'écoulait de la plaie. Une mort sanglante, telle avait été la fin de Judith, égorgée.

Suzanne n'eut pas le temps de proférer un son avant de vomir sur celle qu'elle avait tant aimée, souillant un peu plus ce qui l'était déjà. Détournant le regard de cette scène inacceptable, elle s'essuya les lèvres avec sa manche. Flageolante, elle chercha Roland dans la chambre de son père et dans la sienne. Ne trouvant pas son corps, elle l'espéra vivant. Les mugissements d'agonie d'une vache attirèrent son attention. Elle sortit et se précipita du côté des hangars en feu. Bravant le danger, elle pénétra dans l'étable. Une partie de la charpente en flammes s'était effondrée sur la Rousse. Couchée sur la litière en train de vêler, elle n'avait pu fuir le brasier. Roland, lui aussi, avait été la proie des assaillants. Il avait la fourche de Noë planté dans son dos.

Trop occupé par le vêlage, la surprise a dû être totale pour ce brave Roland, dit Suzanne en pleurant. Il n'a pas dû entendre les aboiements du Chien, ni les cris d'Honoré, ni les appels de Judith.

Suzanne parlait à voix haute pour dominer la peur qui s'insinuait en elle. Elle parlait à voix haute pour s'empêcher de hurler de nouveau.

La cruauté, a-t-elle atteint son paroxysme ou faut-il s'attendre à pire ? Et qu'y a-t-il de pire que la perte d'êtres chers ?

Elle refoula les nausées remontant de son estomac vide.

Est-ce le point culminant de la bestialité humaine ? Où se situe la frontière entre le bien et le mal, celle dont nous parle avec tant d'effusions l'abbé ? Tant de noirceur, de convoitise, signant le recommencement. Le présent prend racine dans le passé. Judith avait une fois de plus raison. Ma bonne vieille Judith aux prémonitions révélatrices.

Les haut-le-cœur s'amplifièrent à rester planté là, devant le spectacle morbide jusqu'à trouver le trou béant de la gorge. Suzanne se mit à vomir de nouveau un liquide mousseux qui laissa de longues traînées verdâtres sur les pans humides de son manteau. Les spasmes se succédèrent durant des minutes interminables. Des tremblements s'ajoutèrent aux secondes d'effroi, et les ténèbres enveloppèrent la jeune femme d'un linceul noir. Elle tomba à genoux les mains jointes. Elle hurla sa révolte en prenant le Dieu de son père à témoin. Tous les sentiments retenus s'évacuèrent en un torrent de phrases haineuses, maudissant les destructeurs. Elle hurla jusqu'à l'asphyxie, hoqueta entre deux sanglots jusqu'à ce que le flot de pleurs fût tari en même temps que celui des mots.

Une poutre tomba à côté d'elle. Le fracas causé par la chute du bois réveilla l'instinct de survie. Suzanne émergea du cauchemar. Elle se dressa aussitôt. Elle écrasa les brindilles enflammées qui venaient lécher les vêtements de Roland. Ne plus le voir ainsi empalé. S'emparant du manche de la fourche, elle tira de toutes ses forces en le basculant, et cette maladresse la déséquilibra. Elle chut le cul dans la bouse lorsque l'outil fut enfin libéré. Résultat de l'effort, les morceaux de chair arrachés, qui pendaient au bout des piques, l'éclaboussèrent au passage. Elle jeta violemment l'instrument. Elle attrapa Roland par les pieds et l'évacua hors de l'étable en feu. Elle le traîna jusqu'au cadavre d'Honoré mort depuis peu, semant dans la cour des brins de paille à moitié calcinés. Elle s'arma de courage pour aller récupérer le troisième corps. Lorsqu'elle les eut alignés tous les trois, elle partit délivrer les deux porcs qui braillaient dans leur parc à s'en casser les cordes vocales. À peine eut-elle ouvert le portillon qu'ils se ruèrent vers l'extérieur en se bousculant, lucides d'avoir déjoué les plans d'une fin atroce. Une échappatoire bienvenue. Ils se rallièrent à la débâcle animalière sous l'œil complaisant de leur bienfaitrice qui n'essayait même pas de les retenir. À cet instant précis, Suzanne se moquait bien de la perte du cheptel puisqu'elle avait déjà perdu la ferme, celle-ci étant quasiment réduite à un tas de cendres.

L'œuvre du père disparut à jamais, pensa-t-elle en regardant les volutes de fumée s'élevant vers les nuages. Aucune aide de la part de nos proches voisins. Auraient-ils subi le même carnage par les troupes du seigneur rival du nôtre ? Ce scélérat profite du relâchement de la vigilance, conséquence des fiançailles, pour nous envahir. Des greniers remplis réduits à néant. La famine engendrera la colère qui fera bouillir les sangs des pauvres que nous sommes. Et le père qui s'en revient de là-bas où des gens festoient dans l'indifférence, à moins que...

Dans l'impossibilité de formuler une phrase de plus, Suzanne éprouva le vide abyssal lié à l'absence paternelle. Elle avait tant besoin d'être réconfortée.

Elle tourna le dos à l'incendie, aux morts, aux bestiaux en déroute. Elle rejoignit l'équidé qui broutait tranquillement sur le sentier. Elle défit les liens qui maintenaient les fagots en place. Ces derniers s'écrasèrent sur le sol.

J'espère qu'avec une charge allégée, Cadichon, tu avanceras plus vite et je ne t'enlève pas le bât, dit-elle en l'ajustant. Je n'ai pas envie de perdre le peu qui nous reste.

Elle récupéra la longe dans un fourré et se mit en route. Tous deux partirent à la rencontre du père.

VI

L'ombre sur le sol devenait moins nette. Le jour déclinait.

Bientôt, la première étoile scintillera au firmament et toujours pas de père, se lamenta Suzanne. Dès que je serai arrivée en haut de la côte, je verrai enfin l'étendue de la plaine et je saurai ce qu'il est advenu au château.

La jeune fille angoissait. Elle se remémorait en marchant les récits tragiques de Judith : les arcs bandés devant les villes assiégées lançant leurs flèches aux pointes acérées, les chaudrons d'huile bouillante versée sur les conquérants, les assauts répétés en grimpant aux échelles, les palissades ébranlées sous les coups du bélier, les épidémies causées par les animaux malades catapultés ; Judith qui narrait les combats en omettant d'évoquer les sévices et les tortures endurées de peur d'effrayer sa protégée. Bien qu'elle n'eût jamais assisté à de tels massacres, des images se créaient malgré tout dans le cerveau de Suzanne en proie à la panique. Elle avait l'impression d'ouïr les appels de détresse, de respirer l'air nauséabond des chairs meurtries, d'avoir le goût du sang sur la langue.

Suzanne réalisa que les sons entendus ressemblaient à une plainte. C'était la sienne, douleur lancinante des tourments qui l'obsédaient. Elle comprit aussi, tardivement, que cette odeur pestilentielle émanait d'elle. Le sang, c'était celui de Roland qu'elle avait sur les mains et le visage, et sur le manteau, ses propres vomissures et les excréments de la Rousse. Elle portait toujours les vêtements du matin avec l'empreinte de l'horreur vécue précédemment. Elle n'avait même pas envisagé le sauvetage d'une quelconque pelisse pour affronter la fraîcheur de la nuit dans la précipitation, vêtement qu'elle aurait pu prendre dans son coffre avant qu'il ne disparaisse dans la fournaise.

Que vais-je sauver maintenant ? Dit-elle en observant Cadichon qui l'avait devancée depuis un moment, tirant sur la longe dans la montée au point de tracter celle qui se traînait derrière lui.

Arrivé au sommet, l'âne s'arrêta. Il regarda au loin. Suzanne regarda aussi.

Une masse se détachait nettement en dépit du crépuscule. Une forme reconnue entre mille. Le cœur de la jeune fille bondit dans sa poitrine. Le père serait bientôt là. Il ne restait que quelques centaines de mètres à parcourir avant les embrassades.

Des larmes de joie roulèrent sur les joues de Suzanne. Elle s'élança vers l'attelage, Cadichon trottinant derrière elle. À moins de cinquante pieds, elle dut ralentir. Elle n'arrivait pas à distinguer clairement la silhouette familière. Cette dernière paraissait affaissée sur le côté comme si Noë s'était assoupi durant le voyage.

Suzanne craignit le pire et accéléra sa course vers le chef de la famille, ce roc sur lequel elle allait pouvoir s'épancher, raconter encore et encore dans les moindres détails ce à quoi elle avait été confrontée. Elle haletait lorsqu'elle stoppa les bœufs.

Père, dit-elle, essoufflée tout en attachant la longe à un des barreaux de la carriole.

Pas un mouvement sur le siège en bois.

Suzanne se hissa vers Noë en prenant appui sur la roue. À peine l'eut-elle redressé qu'elle en eut le souffle coupé.

Mort, lui aussi, ce n'est pas possible, se lamenta-t-elle. Elle le secoua violemment.

Réveillez-vous, Père. Ne m'abandonnez pas.

Elle lui pinça les joues. Elle le gifla à deux reprises inutilement. La pâleur des traits signait l'évidence.

Pourquoi tant de drames en une seule journée ? Qu'ai-je donc fait pour subir une telle malédiction ? Les éléments s'acharnent contre moi. Je n'en peux plus.

Suzanne était seule à présent, irrémédiablement seule face à son avenir, un avenir sombre et triste à l'image de son insoutenable chagrin. La fille s'effondra sur les cuisses du père. Une minute s'écoula, dix, peut-être vingt avant qu'elle ne réagisse.

Que faire à part rentrer ?

Elle attrapa les rênes, les fit claquer sur le dos des bovins, intimant par ce geste désespéré la reprise de la marche des trois animaux.

Les pensées de Suzanne se bousculaient dans sa tête face à la fatalité. Comment donner à ces quatre corps une digne sépulture ? Creuser quatre tombes sera épuisant, je n'en ai pas la force, mais je ne peux pas les laisser pourrir à l'air libre comme un fruit gâté.

Alors, elle songea à l'incendie qui faisait rage, là-bas, un phare dans la nuit.

Le feu est purificateur, il réduit en poussière les choses, là est la solution. Enfant de la terre, né de la poussière, retourne à la terre, notre terre.

Ses réflexions l'avaient amenée à son insu jusqu'aux décombres. Elle avait franchi la barrière sans même s'en rendre compte. Roland, Honoré et Judith semblaient dormir au milieu de la cour, rougeoyant dans le décor sinistre.

À l'arrêt, elle glissa ses paumes sous les bras de Noë, le poussa dans le vide et le traîna jusqu'aux cadavres rassemblés. Réalisant qu'elle avait froid dans ses habits mouillés malgré la chaleur environnante, elle décida de récupérer la pelisse paternelle. Ce fut seulement à cet instant qu'elle remarqua les doigts crispés de son père. En le déboutonnant, elle découvrit le fichu plaqué contre le torse.

Elle se déshabilla, enfila le chaud manteau et noua le tissu ensanglanté autour de son cou, voulant à tout prix porter sur elle la marque indélébile de l'atrocité. Elle ne pouvait pas effacer de sa mémoire le carnage, pas de suite sans avoir l'impression de commettre un sacrilège.

Vêtue de la sorte, elle ramena les fagots qu'elle avait laissés sur le chemin auparavant. Sous chaque corps, elle glissa des branches, le reste, elle le répandit autour d'eux et sur eux, puis elle se mit en quête de trouver des morceaux de bois embrasés. Sans penser à quoi que ce fût de peur d'y renoncer, elle enflamma le bûcher et pria, debout, unique rescapée.

J'accompagnerai vos âmes cette nuit, murmura-t-elle. J'éloignerai les charognards et veillerai sur vos dépouilles. J'attendrai l'aube avec vous puisque le malheur n'accorde jamais de temps, puis, je vous ensevelirai tous ensemble. Ensuite, Père, j'irai demander l'hospitalité à Hannah.

Demain, il me faudra quitter cet endroit, fuir ce qui a fait de moi ce que je suis aujourd'hui. Demain, je partirai.

VII

Aux premières lueurs du jour, Suzanne s'éveilla couchée en chien de fusil contre l'âne, les paupières gonflées d'avoir trop versé de larmes durant une courte nuit, tous deux proche du brasier finissant.

Lentement, Suzanne déplia ses membres, se leva, pivota de droite à gauche puis de gauche à droite et s'abstint de parler. La réalité lui explosa à la figure comme une poudrière. Le paysage avait changé. Elle ne le reconnaissait pas. Ce n'était que ruines et désolation. Elle entendit le craquement d'une poutre qui avait résisté longuement à l'incendie.

La charrette privée des bœufs, oubliée au milieu de tous ces débris, avait l'air d'un vieux bateau échoué sur la grève après la tempête. Une seule nuit avait suffi à effacer les traces de la vie d'avant, celle de l'enfance où elle croyait encore aux pouvoirs des puissants du comté. Rêves évaporés d'un bonheur tellement éphémère. Elle n'avait pas rêvé cette nuit. Le sommeil n'engendrerait plus les rêves désormais. Elle aussi avait changé à son réveil. Elle n'était plus celle d'hier, ni d'avant-hier, et encore moins celle des jours passés dans l'insouciance. Elle avait vieilli en quelques heures, des heures pendant lesquelles l'affliction avait marqué son visage, autrefois souriant, devenu blême et fermé.

Muette, Suzanne toucha les cendres tièdes du bout de son sabot. Elle eut l'impression de profaner un lieu sacré. Sa résolution de la veille était en train de fondre comme neige au soleil.

Il faut bien enfouir ce qu'il reste des quatre corps, soupira-t-elle en reculant. Je ne peux pas les laisser ici. J'aurais trop peur que cette vision me hante désormais. Creuser un trou dans la terre labourée destinée à l'orge devrait être facile, un trou pas large et suffisamment profond pour que les bêtes ne puissent pas déterrer leurs os. Oui, c'est cela qu'il faut faire. Le Père rangeait la plupart de ses outils dans l'étable qui a brûlé. Pourvu qu'il y en ait au moins un d'intact ?

En guise de pelle, elle ne trouva que la ferraille, le manche n'existait plus et le métal était encore trop chaud pour être manipulé. Elle alla tirer de l'eau au puits. Elle jeta l'eau froide sur le bout de fer couvert de suie. Une flaque noirâtre se forma aussitôt, coulant vers ses pieds en empruntant la rigole qui servait auparavant à évacuer le purin. Elle effleura ce qui restait de la pelle. Pas assez froid. Elle retourna chercher un seau d'eau. Au moment de lancer le liquide glacé, elle se ravisa.

Combien de seaux à remplir si je continue ainsi ? Qu'aurait fait le Père ?

Elle posa le récipient sur le sol noirci. Elle se souvint avoir vu un forgeron plonger des barres incandescentes dans un baquet à côté de lui lorsqu'elle avait accompagné son père à la ville quelques années auparavant. Une sorte de fumée s'était formée aussitôt. Il lui avait expliqué que ce phénomène se nommait vapeur et qu'il était le résultat des différences de température au contact de l'eau. Ensuite, il avait vérifié si l'objet forgé était identique à celui qui avait déjà été façonné. Elle revoyait les gestes de l'homme à la figure écarlate. Il avait protégé ses mains, elle fit de même avec son manteau. Elle attrapa la ferraille et la balança prestement dans le seau. En attendant que le métal refroidisse, elle décida de fouiller les vestiges de la demeure familiale.

Elle récupéra une lampe à huile qui avait atterri dans l'âtre, un pot en terre cuite fortement ébréchée, les autres ayant éclaté, et quelques ustensiles de cuisine. Elle dédaigna le lourd et encombrant chaudron. Un simple coup d'œil à sa chambre lui fit comprendre qu'aucun objet avait survécu à l'incendie. Elle passa dans l'autre. La chambre paternelle était dans le même état que la sienne. Le lit, le coffre et la paillasse avaient disparu. Elle chercha du regard la pierre non scellée dans le soubassement. Elle savait qu'elle était là parmi les autres pierres jointoyées sauf que, sous l'effet de la chaleur, nombre d'entre elles avait quitté leur logement. Ne connaissant pas son emplacement, elle dut en tâter plusieurs. Après six essais, elle trouva la bonne. Elle la retira en la désagrégeant, plongea la main dans le trou béant et récupéra la bourse qui y était cachée. Elle compta. Le trésor familial consistait en quarante deniers et autant de sous patiemment économisés.

J'ai de quoi subvenir aux besoins de première nécessité avec une telle fortune, dit-elle en glissant le petit sac dans la poche de son tablier. Je prendrai six deniers pour un sac d'épeautre, calcula-t-elle, vingt sous pour trois chandelles et seize pour un épais drap de laine. Je donnerai des grains à moudre au meunier de la tante Hannah et j'appliquerai par la suite la méthode du Père : cacher la réserve d'argent afin de ne pas être spolié. Comment est-ce que je peux parler ainsi après ce qui vient de se produire ici ? S'étonnat-elle. Suis-je une mauvaise fille pour avoir de tels propos ? Je ne pense qu'à moi alors qu'eux ne sont plus.

Une larme de remords coula sur sa joue. Elle sortit avec les biens récupérés, les déposa loin des braises et courut chercher le morceau de pelle. Elle contourna les murs éventrés et se dirigea vers le champ qu'elle avait choisi. Elle retroussa ses manches. Elle enfonça le métal dans le sol. La terre était collante. Un bruit sourd rompit le silence, puis ce fut au tour d'un deuxième auquel se mêla un gémissement, celui de Suzanne. À chaque pelletée, elle exhalait sa douleur tout en exécrant l'humanité. Elle s'arrêta de creuser quand l'astre solaire haut dans le ciel vint lécher ses mains.

Suzanne contempla son œuvre et retourna à son point de départ.

La jeune fille au dos douloureux d'avoir martyrisé la terre nourricière, aux bras fatigués d'avoir frappé à l'excès le sol, ramassa ce qui restait des morts, en remplit le seau du puits et exécuta sa pénible mission.

Elle ne comptait plus les allers-retours depuis un moment. Elle avançait avec la démarche automatique d'une personne anesthésiée par ce qu'elle accomplit. Après avoir replacé toutes les mottes, après avoir tassé la terre, elle entreprit de bénir la tombe en formulant une vague prière.

Il me faut chasser la haine de mon cœur avant que l'amertume ne l'envahisse, pensa-t-elle. L'épée est sortie de son fourreau et le sang à couler. Il ne faut pas s'habituer à la profondeur des ténèbres. Je dois triompher de l'obscurité et gagner la lumière. Dans le village de la tante, commencera une nouvelle destinée. Hannah sera la lampe sur ma route comme l'était Judith.

VIII

Cela faisait déjà plusieurs heures que Suzanne et Cadichon avaient pris la direction du village de la tante Hannah, unique planche de salut pour la jeune fille brutalement métamorphosée en adulte la veille. Une femme désemparée à son réveil à qui rien n'avait été épargné en un fatidique jour. Pourtant, les fléaux, les tourments, les contraintes sans aucune échappatoire à dix lieues à la ronde, elle en connaissait tous les rouages. Ils étaient devenus leur pain quotidien à eux, les paysans, les forçats de la campagne à qui on demandait toujours de fournir un effort supplémentaire. Plus de sacs remplis des meilleurs grains. Plus de tonneaux remplis des meilleures grappes. Plus de tout afin d'assouvir les exigences entre deux batailles, paiement d'un court répit injustement dû. Mais, là, elle avait été sauvée du massacre tel un miracle chrétien, justement, c'était donc un signe envoyé par les dieux. "Ils veillent sur toi depuis ta tendre enfance", avait dit à maintes reprises Judith. Au fil des ans, elle avait fini par le croire. La preuve : elle avait guéri d'une maladie contagieuse dans son enfance alors que ses camarades de jeu avaient succombé après des jours de souffrance. Elle avait aussi noté que les obstacles se supprimaient comme par enchantement quand elle s'évertuait à effectuer un ouvrage difficile, à moins que ce fût par sa volonté à y arriver.

Suzanne flatta l'encolure de Cadichon en réfléchissant à voix haute.

Il ne sert à rien de s'apitoyer, mon docile Cadichon, mais plutôt de réfléchir à ce que les dieux attendent de moi en m'ayant accordé le droit de continuer à vivre sur notre terre. J'ai en moi cette profonde conviction. Il m'appartient désormais de trouver comment parvenir à exaucer leurs souhaits. J'en fais le serment devant toi. Le passé est ce qu'il est. Je ne peux le changer au même titre que la mort de ma mère. Nous mourrons tous un jour, toi, moi, l'herbe que tu broutes et le fruit cueilli sur l'arbre. Tel est le cycle de l'univers.

Apaisée par cette réflexion, Suzanne reprit confiance en son destin. Elle leva son visage vers les cieux, contempla un moment le disque solaire et finit par cligner des paupières à force de vénérer l'astre rayonnant de mille feux. Elle accorda sa marche à celle de l'âne. L'espoir grandissait au fur et à mesure sous le feuillage jaunissant des arbres bordant la route. Ici, l'automne avait pris de l'avance en piquetant les feuilles vertes d'un orange tirant sur le rouge. Elle avançait d'un pas à la légèreté d'une plume, elle avançait en ignorant la silhouette qui la suivait depuis un moment d'arbres en arbres, à quelques mètres d'elle sous les frondaisons, guettant l'instant propice. À peine eut-elle pénétré dans le sous-bois qu'une forme lui arracha la longe des mains et s'enfuit en courant devant elle. Le bât la renversa au passage. Le sabot de son pied droit vola, la cheville craqua. Elle sentit la douleur en se relevant. Elle était vulnérable maintenant. Par chance, ce voleur désirait seulement sa monture, mais il n'en serait peut-être pas de même à la prochaine attaque. Il lui fallait dénicher rapidement un abri avant qu'un brigand n'agresse son corps de pucelle et ne la viole, marque indélébile terrifiant toutes les femmes, jeunes et moins jeunes.

Elle regarda consciencieusement autour d'elle en s'adossant à un arbre, jambe droite levée. Elle écouta. Elle perçut le faible son d'une cascade et décida de s'en approcher. S'accrochant aux branches afin d'assurer sa progression, elle descendit tant bien que mal une sente jusqu'à parvenir au ruisseau. Elle y trempa le pied blessé. L'eau était si froide qu'elle lui paralysa les muscles de la jambe. Elle déchira le bas de sa robe, ramassa deux morceaux de bois robustes et immobilisa sa cheville comme le pratiquait Judith. Avec son attelle de fortune, elle se mit debout. Elle scruta les abords. Ce qu'elle avait pris pour une cascade n'était en fait qu'une simple chute d'eau entre deux rochers moussus, vrombissant à peine, n'arrivant même pas à couvrir les sons lugubres qui enveloppaient peu à peu la forêt au crépuscule.

Les arbres tortus me dissimuleront, pensa-t-elle. Leurs troncs élancés et déformés ont l'avantage d'éloigner les intrus. J'ai l'impression d'être encerclée par une armée de créatures invisibles. Les arbres sont les rois et je suis leur servante. Je passerai la nuit ici, tapie dans le creux de cet épicéa dont les épines me serviront de couche, et les branches touchant le sol d'abri telles un dais cachant complètement le ciel.

Elle prit une profonde inspiration.

Je ne dois pas céder à la tentation qui envahit mon esprit : un sentiment abscons dont j'ignorais jusqu'à présent l'existence et qui se nomme la peur. Je vais me reposer. Après, j'irai mieux. Demain, dès l'aube, j'aviserai.

IX

Voilà. J'ai froid. Le chaud manteau paternel n'arrive même pas à me réchauffer. À moins que ce soit un froid intérieur qui me glace l'âme. Et j'ai faim. Je n'ai rien avalé depuis des heures. Les noix ramassées ont vite été englouties. Je n'ai laissé que les coques là où j'ai passé la nuit. Je n'ai même pas songé à glisser dans ma gibecière avant de partir ne serait-ce qu'un quignon de pain rassi alors que le Père avait dû ramener de chez Grégoire une miche croustillante. J'ai trouvé plus astucieux de laisser Cadichon porter les affaires, enfin, lorsque je dis affaires, je devrais plutôt dire le strict nécessaire pour tenir jusque chez Hannah. Quelle idiote j'ai été. J'ai l'air maligne maintenant avec mon couteau et mon sac vide. Heureusement que j'avais gardé ma gourde sur moi. C'était un choix judicieux de l'avoir mise dans la gibecière afin d'être libre de mes mouvements. Au moins, je peux tenir en buvant jusque chez ma tante. Je ne mourrai pas de soif. Le fait de jeûner ne m'affaiblira pas. J'ai l'habitude pendant la Pâques. Il faut juste que je l'ignore et que je fixe mes pensées sur l'objectif à atteindre.

Depuis combien de temps est-ce que je marche ? Trois heures ? Quatre ? Plus ? Je n'arrive pas à déterminer où se situe le soleil avec les cimes de ces arbres qui cachent le ciel. Tout est sombre dans cette forêt, et avec ces arbustes qui ont poussé au milieu de cette futaie en autant d'obstacles qui me gênent et me bouchent la vue, je n'arrive pas vraiment à me repérer. Il faudrait que je sorte de là, seulement, j'ai peur de m'exposer au grand jour avant d'avoir atteint la bifurcation signalée par le Père. Je me méfie des rencontres. Auparavant, j'avais confiance en l'étranger. Père en engageait souvent pour les travaux de la ferme et cela mécontentait Judith. Elle le mettait en garde contre cette engeance qui erre sur nos routes, vêtues de guenilles, en hiver comme en été, avec un balluchon pour unique maison. Les présages de Judith n'ont pas servi à grand-chose. Il n'y a qu'à voir là où j'en suis à discuter avec moi-même du sort que l'avenir me réserve. Ma pauvre Suzanne, tu es comme les autres maintenant, tu as subi la terrible épreuve, celle qui nous fait tous trembler, celle que nous appréhendons dans nos pires cauchemars : la misère, et il te faut, pourtant, continuer à poursuivre. Que disait donc le Père à propos de la tante Hannah. Je dois me souvenir des termes exacts. Ah, oui, je crois que c'est ça. "Comme dit toujours ma sœur, racontait-il, quand tu vois le vieux chêne à moitié mort avec ses branches rabougries, tu prends à gauche, tu quittes la voie et tu t'engages sur le chemin qui amène chez moi. Il te faut marcher une demi-heure et tu y es".

À longer le ruisseau depuis que je suis partie, il est possible que j'aie dépassé l'arbre. J'avance à l'aveuglette comme un fol. Je vais remplir à ras bord la gourde et remonter la pente jusqu'à ce que je l'aperçoive, cette route, sans pour autant être à découvert.

Assise sur un rocher, Suzanne se pencha au-dessus de l'eau. Son reflet l'effraya. Il lui renvoya l'image d'une femme échevelée à la peau grise de saleté, aux yeux fatigués et cernés. Elle frotta son visage avec ses doigts mouillés jusqu'à s'en rougir les joues. Elle en profita pour laver aussi ses bras et sa jambe valide.

Tenant fermement le bâton ramassé au bord du ruisseau, elle commença à remonter la pente tout en écartant les épines qui lui griffaient les mollets. Ce n'était pas une raide montée, néanmoins, handicapée par le membre blessé, chaque avancée prenait des allures d'ascension. Parfois, elle marchait en crabe, le buste incliné vers l'avant, ou bien elle s'agrippait désespérément à une touffe d'herbe qui finissait, à chaque fois, par lui rester dans la paume. Elle arrachait plus de flores qu'elle ne grimpait.

Soudain, elle crut percevoir un son plaintif. Elle n'arrivait pas à déterminer si le son était lointain ou, au contraire, très près. C'était comme un appel continu, un au secours murmuré à l'infini. Elle prêta une oreille attentive à ce bruit. Il lui sembla qu'il provenait d'un fourré sur sa droite. Elle s'approcha. Avec son bâton, elle écarta des ramures et faillit tomber dans le piège à fosse qui avait capturé un louveteau. L'animal gémissait au fond du trou. Affaibli, il s'accrochait aux mamelles de sa mère venant de succomber, espérant voir jaillir une goutte de lait.

Toi seul as survécu à la chute, pensa Suzanne. Bienvenue dans mon monde, petit loup.

Le regard implorant de l'animal justifia son geste. Elle avisa à sauver la bête. Le piège à fosse avait dû être creusé depuis longtemps. Les troncs ayant servi de traverses étaient vermoulus. Elle bascula le plus léger d'entre eux. Comme elle s'y attendait, le louveteau posa une patte, puis l'autre. Elle surveilla sa progression jusqu'à ce qu'elle puisse l'attraper par le cou comme l'aurait fait la louve. Elle le déposa sur la terre ferme. Elle prit sa gourde en peau, ôta le bouchon et fit couler un mince filet d'eau. Le louveteau assoiffé se désaltéra à coups de langue répétée, allant jusqu'à lécher l'orifice afin d'en obtenir une plus grande quantité.

Tu dois agir seul, maintenant, et prends garde aux chasseurs, petit loup.

Suzanne reprit sa montée. De temps en temps, elle se retournait. À chaque fois, elle apercevait le louveteau. Il suivait la sauveteuse en bondissant.

Tu fais comme Le Chien à être constamment dans mes jambes, songea-t-elle. Pars, file, disparaît, cria-t-elle. Retourne dans la forêt. Le monde des hommes n'est pas bon pour toi.

Arrivée en haut de la pente, elle scruta l'horizon. L'arbre était bien là, fidèle à son poste, hideux dans son dépouillement. Il pourrissait lentement au fil des saisons, espérant la bourrasque qui mettrait fin à son calvaire.

Suzanne tourna à gauche sans hésiter une seule seconde. Le louveteau n'eut pas le courage de quitter le sous-bois. Il gambada sur une voie imaginaire parallèle à celle de sa bienfaitrice, écrasant les brindilles avec ses frêles pattes.

Tu trahis ta présence, petit loup. Arrête de me suivre où les balles des fusils siffleront à tes oreilles sous peu. J'entrevois les toits des maisons du village. Va donc te cacher.

Deux enjambées, puis trois.

J'écoute ce silence anormal.

Elle accéléra à la vue du spectacle morbide. Dans un fossé, un pauvre hère brandissait une chevrotine. Il était héroïque dans son inutilité. Plus loin, un corps déchiqueté, membres sectionnés, tête séparée du corps, flottait dans la mare où s'ébrouait une oie. Des restes humains éparpillés, ici et là, jalonnaient l'entrée du village.

Elle trembla d'effroi.

Un linceul glacé se pose sur mes épaules, se dit-elle. Je voudrais bondir, mais je demeure sans énergie. Je suis clouée sur place. Mon corps refuse l'impulsion que j'essaye de lui donner. Il est mou, amorphe, une loque humaine, voici ce que je deviens à croiser la grande faucheuse, encore et encore. La mort, toujours présente là où je vais, s'étale devant moi comme un livre ouvert à la mauvaise page, et ce n'est pas celui que nous écrivions ensemble ma bonne Judith. Même le verger a souffert. Il a été saccagé, les branches cassées jonchent le sol. Les pommiers soignent leurs cicatrices en pleurant leur sève. Je n'ose pas aller plus en avant.

Flageolante, Suzanne traversa le village sous les râles des mourants, écoutant, malgré elle, une symphonie dont elle connaissait toutes les notes de la partition pour l'avoir déjà entendu chez elle. Un tonneau déversait son contenu vineux, triste témoin de l'affrontement qui avait eu lieu.

Manants, voleurs, brigands, soldats, toujours la même violence, l'éternel modus operandi qui sévit là où on ne l'attend pas. Mon salut s'inscrira dans la fuite. Je n'ai pas envie de m'éterniser. Je ne séjournerai pas ici. À quoi cela me servirait-il de m'établir en lieu et place, de construire avec force et courage ce qui peut être réduit à néant du jour au lendemain, de craindre la menace de la destruction. Je redoute l'affrontement. La lâcheté a parfois des allures de vainqueur. Je ne serais pas la prochaine victime.

X

J'ai emporté beaucoup de choses pour ma survie. De toute façon, à qui auraient-elles pu servir ? Les villageois qui étaient présents sont tous morts, y compris la tante. Pas de jaloux dans le carnage. Ils ont tous été sauvagement assassinés par une horde d'envieux. Seuls ceux qui vaquaient à leurs occupations en dehors du village ont été épargnés. Les habitations aussi d'ailleurs. Une fois n'est pas coutume, ces voleurs n'en voulaient qu'à leur argent, et je me demande pourquoi avoir perpétré une telle tuerie ? Quel en est l'intérêt ? À qui ces desseins peuvent-ils bien servir ? Je ne le saurai sans doute jamais. Aujourd'hui, je me moque de ces rivalités, j'aspire à la quiétude, loin de ce monde cruel et sauvage.

Suzanne rebroussait chemin à travers la forêt. Elle descendait vers le ruisseau pendant qu'elle y voyait encore. Elle s'aidait avec deux bâtons, un dans chaque main en guise de cannes.

Mon dos me fait mal, et mon pied aussi. La sangle en cuir de la hotte me scie le bas du dos. Elle n'est pas prévue pour un tel chargement. Je ne sais pas si elle va résister au poids des objets. Ce ne sont pas des grappes que j'y ai mises dedans. Cela pèse lourd. Le coq et la poule s'agitent dans le panier que j'ai attaché sur le haut. S'ils continuent à bouger autant, ils vont me faire tomber. J'ai pris plus que ce que portait Cadichon de peur de manquer. J'emporte de quoi survivre et de quoi me changer avec les vêtements de la tante, car je ne reviendrai pas. Ni ici, ni ailleurs. J'abandonne l'idée. J'ai décidé de vivre en recluse. Mes pas me mèneront là où je dois aller. J'arrive. Je viens vers toi mon refuge inconnu.

À mi-pente, elle fit une halte et observa les alentours. De mémoire, le paysage était différent. Les abords du sousbois s'étaient transformés en un ensemble de tiges entrelacées plus ou moins feuillues que venaient rejoindre de vigoureux buissons, le tout formant une espèce de mur végétal qu'il lui faudrait traverser.

Elle tourna la tête en arrière vers le sommet, évalua la distance parcourue, posa la hotte, vérifia la santé des volatiles, et comprit la difficulté. Elle calcula ses chances de réussite. Sa volonté vacilla. Elle s'assit sur le sol herbeux et pleura.

Comment vais-je progresser ? Je n'ai pas la force de revenir sur mes pas. Je suis trop éreintée. J'en appelle aux peuples bienveillants de la forêt. Oh, Dieux et Déesses, aidez-moi, je vous en prie.

Combien de temps durèrent les sanglots en implorant les divinités ? Lorsqu'elle entrouvrit les paupières, une boule de poils la regardait.

Tiens, te revoilà, toi, dit-elle en se mouchant avec le bas de sa robe. Aurais-tu été attiré par l'odeur de mes volailles ? Je t'avais dit de partir. Pourquoi tes pattes sont-elles crottées et trempées alors que la terre est sèche depuis que je descends, et que je n'ai pas vu la moindre source ? Apparemment, tu as su localiser le ruisseau mieux que moi. D'où viens-tu petit loup ?

L'aboiement répondit à la question. Le louveteau fit volte-face et disparut dans un hallier.

Si tu as trouvé le ruisseau, je devrais y arriver aussi.

Suzanne renifla et se leva. Elle récupéra une des deux serpes dans la hotte et endossa son fardeau. Ne sachant quelle direction prendre, elle se fraya une voie dans cette nature indomptable en taillant les branches enchevêtrées qui s'offraient à elle. Elle opta pour descendre en ligne droite. À son grand étonnement, le louveteau apparut sur sa gauche. L'ignorant, elle brisa un arbuste qui la gênait. L'animal aboya lorsqu'il la vit persister dans une direction opposée à celle d'où il était venu. Suzanne le regarda, étonnée par son comportement. Elle fit mine de lever la serpe et de l'abattre sur une autre branche. Le louveteau aboya plus fort.

Que signifie ceci ? Tu veux que je te suive ?

Nouvel aboiement.

Au point où j'en suis, je peux bien aller où tu as envie du moment que tu m'emmènes vers un endroit isolé avec un point d'eau avant la tombée de la nuit qui ne tardera pas, à la vitesse à laquelle je me traîne avec ma jambe malade et ma cargaison.

Le louveteau gambadait en terrain nu, rampait sous les fourrés, revenait vers Suzanne et repartait en jappant.

Je ne vais pas aussi vite que toi, le Loup. Tu agis comme le Chien lorsque nous nous promenions, mais cette promenade-là est harassante pour moi. Tu ne te rends pas compte des difficultés que je surmonte dans cet univers hostile. Non. Sûrement pas. Dans ton monde à toi, tout est simple, boire, manger, dormir, et depuis que tu as retrouvé ta liberté, tu fonces comme un taureau dans un pré. Par tous les dieux de la terre, ralentit un peu ta course, j'entends de l'eau qui coule. Nous sommes donc proches du ruisseau. Il est inutile de se presser maintenant.

Quand Suzanne eut écrasé les orties de plus d'un mètre qui lui barraient la route, elle repéra le louveteau assis sur un vieux pont de bois. L'animal l'attendait sagement.

Tu veux que je m'engage là-dessus au risque de me rompre le cou ? Cria-t-elle. N'as-tu pas vu qu'il y manque des planches à ton pont ? Je risque de basculer dans l'eau avec mon chargement si mon sabot reste coincé. Il n'y a pas de prise pour me rattraper, et je ne sais pas nager. Je pourrais me noyer.

Le louveteau insista en faisant plusieurs allers-retours comme pour lui prouver la solidité de la construction.

Puisque tu as l'air d'y tenir autant, je vais le franchir, ce ruisseau, en utilisant ton satané pont, mais dis-toi que j'aurais préféré camper sur la rive.

Suzanne rangea la serpe.

Prudemment, un pied après l'autre, testant la robustesse des planches en les piquant du bout d'un de ses bâtons, elle progressa jusqu'à parvenir de l'autre côté. Le louveteau aboya joyeusement à son arrivée. Il repartit avant qu'elle ne puisse se reposer.

Où me conduis-tu, enfin ? Je croyais que nous avions convenu de nous arrêter ici. J'ai mal partout, et je suis épuisée. Je n'ai pas envie de continuer. J'ai besoin d'une halte.

Les jappements étaient insistants.

Tu uses ma volonté, le Loup. Je veux bien te suivre encore un moment, ensuite, je t'avertis, je stoppe la course.

Une demi-heure s'était écoulée lorsque Suzanne découvrit un terrain dégagé. Le louveteau vint à sa rencontre en remuant la queue, fier de sa prouesse à l'avoir guidée au cœur de la dense forêt. Dans cet endroit en partie dégarni, le soleil couchant rougeoyait la façade grossière d'une construction dont le bas semblait avoir été dévoré par les racines des arbres avoisinants. En s'approchant, la jeune femme distingua une ouverture aussi large qu'une porte. Elle posa la hotte et s'enhardit à pénétrer dans l'étrange demeure. Cette dernière avait été bâtie avec d'imposantes pierres du sol au plafond. Les rayons de l'astre rosissaient légèrement les murs grâce à un puits de lumière. Le peu de luminosité mettait en évidence des bas-reliefs en rondes-bosses. Leurs contours étaient encore visibles bien qu'usés par le contact des doigts au point d'en être polis. À la verticale de ce puits de lumière, un trou avait été creusé, certainement empierré par la suite afin d'en contenir l'eau de pluie, et derrière cette sorte de bassin se trouvait une drôle de table formée par trois blocs de rocher grossièrement taillés qui évoquait l'autel de leur chapelle, au village. Suzanne s'avança plus profondément. Elle découvrit alors une autre salle dans laquelle un conduit aérien permettait la ventilation. N'y voyant guère, elle entendit craquer un os sous son sabot. En se penchant, elle en découvrit plusieurs correspondants à des restes d'animaux.

Je comprends mieux pourquoi tu m'as amené ici, le Loup. C'est dans cet abri que ta mère a mis bat. Elle avait tout ce dont elle avait besoin. Je vais faire de même. Ta tanière deviendra la nôtre, désormais, car je doute que tu t'en ailles. Je vais m'y installer. Il me sera facile de cultiver cette clairière avec les semences de la tante, d'enfermer la poule et le coq entre ses quatre murs en un premier temps, de braconner et de pêcher. Avec toi à mes côtés, je serai averti d'une quelconque menace, tu remplaceras le Chien, et le pont de bois est tellement disloqué qu'il rebutera les curieux. Tu as bien mérité de partager mon repas ce soir.

Tu veux que je te dise, le Loup, l'ennemi le plus dangereux est, certainement, celui qu'on ne soupçonne pas et l'ami est, assurément, celui à qui on s'attend le moins.

Suzanne ressortit récupérer ses affaires.

XI

Trois ans s'étaient écoulés. Le louveteau avait grandi. Il était devenu une magnifique louve qui avait donné naissance à cinq vigoureux petits. L'absence du mâle reproducteur avait conduit Suzanne à le remplacer. Elle avait rapporté pendant deux mois de quoi nourrir la mère allaitant sa portée. Contrairement aux idées reçues, implantées dans les campagnes, sa contribution à l'élevage avait resserré les liens entre cette aide humaine providentielle et cet embryon de meute dont le chef fut, tout naturellement à l'âge adulte, le premier mâle de la fratrie. C'était un animal docile et protecteur envers le groupe, loin de l'appellation "sauvage" et "mangeur d'enfants". Suzanne avait attribué à ce dernier le nom de Lupus, la louve ayant conservé celui de "Loup". Elle n'avait pas osé la débaptiser. Trop compliqué.

Suzanne s'était donc retirée dans ce lieu qu'elle qualifiait "havre de paix loin de la civilisation", et vivait en harmonie avec ses loups, ses poules pondeuses de la race gauloise dorée et son coq. Ayant opté pour une vie simple à l'image de ces ancêtres "chasseurs, cueilleurs", elle vénérait les esprits de la forêt qui lui procuraient tout ce dont elle avait besoin pour exister parmi eux.

Grâce à sa persévérance, la jeune femme cultivait aujourd'hui un beau lopin de terre aux alentours de la demeure. Elle connaissait maintenant tous les recoins de son habitation à force de l'avoir arpentée à longueur de journée. Elle avait étudié de près les dessins muraux, elle avait réussi à déchiffrer les bas-reliefs, et elle en avait conclu que sa nouvelle maison semblait être un ancien temple voué au culte du soleil. D'ailleurs, elle avait fini par se persuader que l'édifice irradiait, lui aussi, des ondes bénéfiques, car, depuis qu'elle en avait pris possession, elle avait remarqué que la peur viscérale paralysante du début éprouvée au cours de longues nuits d'insomnie, conséquence des tragédies vécues, avait disparu comme avalée par la quiétude qu'elle ressentait chaque matin en se réveillant. Elle n'en décelait plus la moindre trace, de cette peur. Elle l'avait définitivement quittée. Sa résilience avait été sa force, une force invisible qui coulait dans ses veines comme un long fleuve tranquille, une force qui l'avait aussi poussée à changer de nom.

Dans les brumes matinales de l'automne, peu de temps après son installation, en écoutant le bruissement des feuilles de châtaignier qui virevoltaient doucement, et le croassement, au loin, d'une corneille, des sons pleins de douceur l'avaient pénétrée, semblables à une symphonie de voyelles murmurées "a, e, a". Elle y avait décelé un signe. Dorénavant, Suzanne serait Awena, le nom celte préféré de Judith.

Lupus lézardait, paressant sous les rayons du soleil printanier, un œil sur ses frères et sœurs, un œil sur sa mère qui était auprès de leur congénère d'adoption dans le potager.

Tu vois, le Loup, j'ai parfois la nostalgie de mon ancien monde, la ferme de mon père, dit Awena en posant la faucille. J'ai laissé des ruines sur ses aïeux que nos voisins paysans ont certainement récupérés depuis. Je me sens coupable d'avoir déserté. Ici, au moins, nous sommes invisibles. Nul ne sait que nous hantons ces bois. Nous vivons en cohérence avec le cosmos. Ensemble nous admirons le ciel, hissant nos cous vers les étoiles lorsque la lune apparaît derrière la futaie. Alors, nous essayons de décrypter les signes envoyés par nos ancêtres dans l'infiniment grand et le jour, nous baissons la tête vers l'infiniment petit à la recherche de la moindre vie. Nous la cherchons à quatre pattes, cette vie. Nous la cherchons sous la pierre ou sur la feuille, nous la cherchons dans la terre que nous grattons avec nos ongles, nous la cherchons dans ces gouttes de pluie qui ont formé la flaque dans laquelle nous pataugeons, car nous sommes unis avec la nature, nous devenons un tout qui se résume à une seule et unique substance. Tiens, écoute, le Loup, un oiseau tape un tronc avec son bec.

La louve orienta ses oreilles dans le sens du bruit.

Regarde ! S'exclama Awena en montrant avec son index. C'est un pivert qui se nourrit de fourmis sur cet arbre qui suinte sa sève. Allons le voir de plus près.

Les journées se passaient ainsi, dans l'émerveillement des choses et dans l'ignorance du danger.

XII

Awena avait relevé son bliaut en le maintenant autour de la taille avec une corde fabriquée à partir de tiges d'orties tressées entre elles. L'avant-veille, elle avait désherbé un nouveau carré dans la clairière afin d'y semer des graines d'épeautre en prévision des poussins à naître qu'il faudrait nourrir.

Elle enfonça sa bêche, souleva la terre et la retourna aussitôt. Elle s'épongea le front et recommença. Au bout d'une demi-heure, elle s'arrêta, attrapa la gourde accrochée à la clôture du potager et but de longues rasades d'eau.

Si tu savais comme j'ai chaud, le Loup, à manier l'outil depuis des heures. Mes mains sont moites, et je commence à avoir des ampoules. Bientôt, elles seront aussi calleuses que celles du Père. Cette température ne présage rien de bon. Les bourgeons se développent à peine que déjà la chaleur s'invite à la fête du renouveau. Il ne faudrait pas que nos épis grillent avant la moisson, d'autant plus que, cette année, j'ai aussi prévu d'avoir assez de chanvre pour tisser une nouvelle robe, celle de la tante Hannah est trop usée à force de la porter. Ce serait vraiment terrible, tu sais, le Loup, si nous subissons la sécheresse. Cela me demanderait d'arroser plus souvent au cours de l'été en allant au ruisseau pour éviter de puiser dans la réserve du bassin.

La louve écoutait comme à son habitude, buvant les paroles d'Awena comme si elle en comprenait le sens. Lupus étant parti vagabonder avec les autres loups. Prenant son rôle de gardienne avec sérieux, elle s'était perchée sur une souche, surveillant les alentours, guettant la moindre intrusion.

Préviens-moi quand ils seront de retour. Nous irons relever les pièges.

Awena observa les nuages qui grossissaient petit à petit, passant du gris clair au gris foncé, annonçant l'orage futur. Elle desserra le fichu paternel, noua ses cheveux avec et reprit le manche. Elle s'attela à terminer son labour. Elle transpirait sous l'effort. Des gouttes de sueur coulaient le long de sa colonne vertébrale, mouillant sa robe. Après avoir travaillé tout l'après-midi, elle put enfin contempler une surface de la moitié d'un are d'une bonne terre brune qui réclamait l'averse.

Dans quelques jours, lorsque la pluie aura cassé les mottes, nous sèmerons les grains à la volée, dit-elle en s'adressant à la louve descendue de son perchoir. Le sol sera suffisamment humide pour permettre une bonne levée des semences.

Awena était satisfaite d'avoir terminé bien avant le crépuscule. Encore aujourd'hui, elle luttait contre les réminiscences malveillantes qui refaisaient surface à l'improviste à la tombée de la nuit.

Allons ranger la bêche et prendre la musette. Et que dirais-tu d'emmener l'instrument que j'ai inventé hier pour attraper les truites, le Loup, enfin, quand je dis inventer, je me vante un peu. C'est plutôt le Père qui en avait imaginé l'usage pour tromper le Seigneur en transformant un vulgaire bâton de marche en une sorte de harpon. On verra si la flèche, fabriquée à partir d'un os de lapin, liée au bout de ce robuste morceau de bois, est aussi efficace que la sienne.

Le regard admiratif de la louve suivait chaque geste d'Awena dans le temple.

Tu approuves, bien sûr, dit-elle en posant l'outil contre la paroi. Allez, viens, sortons.

Sur le seuil, Awena siffla Lupus. La meute apparut immédiatement.

Vous n'étiez pas très loin, petits chenapans. Accompagnez-moi. Allons relever les collets ensemble, et tester mon invention.

D'instinct, Lupus ouvrit la marche, la louve calqua son pas sur celui de sa maîtresse, et les quatre autres loups les suivirent de près, fermant la colonne.

La petite troupe se dirigea directement vers la retenue, là où le ruisseau formait une sorte de mare peu profonde. L'endroit y était frais, paisible et, surtout, poissonneux.

Awena se délesta de son sac. Son arme à la main, elle épia les mouvements à la surface de l'eau, repéra un banc d'alevins, visa et planta la pointe de sa flèche dans la chair d'un poisson qu'elle transperça de part en part. L'animal ne frétillait même plus lorsqu'elle le décrocha. Elle refit une tentative qui se termina par un échec cuisant. Il fallut qu'elle s'y reprenne à trois fois avant de réitérer l'exploit, la jeune femme ayant glissé à de nombreuses reprises sur les rochers visqueux.

Je ferai mieux demain les amis. Je sens les premières gouttes sur mes cheveux. Mettons-nous en route sinon les corneilles dévoreront nos lapins piégés ou, pire, ils pourriront sur place.

Ils n'avaient pas beaucoup avancé lorsque Lupus flaira l'intrus. Instantanément, les loups encerclèrent Awena qui renonça à relever les pièges.

Vous chasserez demain, mes petits loups. Ce soir, nous mangerons les restes.

Ils rebroussèrent chemin en fonçant le plus vite possible vers le temple sous une pluie diluvienne, les pattes et les sabots s'enfonçant dans la boue.

Awena rentra la volaille aux plumes trempées qui picorait dans l'enclos, et ferma la porte du temple, porte qu'elle avait réparée dès son arrivée. La traverse qu'elle avait façonnée dans une branche de sapin devait leur procurer une sécurité supplémentaire, mais elle n'avait jamais eu l'occasion de s'en servir auparavant.

Tout doux, Lupus, dit-elle en flattant le loup qui grognait.

Elle se voulait rassurante pour ses protégés. Au fond d'elle-même, elle savait qu'elle ne l'était pas, rassurée.

XIII

La pluie avait cessé pourtant Awena, assise sur la paillasse, les genoux repliés, tardait à s'endormir dans la deuxième salle bien qu'elle se fût calfeutrée avec la meute dans cette demeure qu'elle croyait impénétrable. Elle avait perdu la notion du temps dans l'obscurité et, comble du malheur, le vent se leva, un de ces vents qui soufflait d'habitude à l'automne et non au printemps, qui pouvait hurler des heures et des heures sans discontinuer, et qui pouvait s'arrêter brutalement, aussi vite qu'il avait débuté.

La bourrasque déchira les nuées en tristes lambeaux, laissant apparaître une lune parfaitement ronde visible à travers le puits de lumière, celle dont on disait qu'elle perturbait les esprits les plus sages et Awena, elle aussi, n'échappait pas à ce trouble. L'univers douillet qu'elle s'était aménagé au fil des mois lui parut tout à coup hostile. Elle savait pertinemment que c'était son imagination qui lui jouait des tours, et, cependant, elle n'arrivait pas à se raisonner. L'instant n'était pas à la détente. Son anxiété prenait le dessus sur la sagesse qu'elle s'était imposée depuis trois ans en lui faisant croire que ces ombres projetées sur les murs qui n'étaient en fait que celles des branches éclairées par les rayons lunaires, ressemblaient à s'y méprendre à des bras tentaculaires voulant l'attraper.

Awena frissonna. N'ayant pas de sel gemme à sa disposition pour conjurer le mauvais sort, elle pria ses dieux en silence.

Le Loup vint se blottir contre elle.

Les yeux bouffis par l'insomnie, Awena finit par se lover entre les membres antérieurs de sa meilleure amie. La louve lui lécha le visage avec sa langue râpeuse, puis posa une de ses pattes sur son avant-bras comme si c'était elle, maintenant, qui souhaitait apaiser celle qui était en proie à ses démons.

Combien de temps la jeune femme demeura-t-elle dans cette posture ? Personne aurait su le dire. Une éternité ? Peut-être.

Lorsque l'aube filtra sous la porte, elle ôta la traverse en tremblant et l'ouvrit. Un corps inanimé était étendu au milieu de la clairière. Munie de son carquois, elle refoula les idées meurtrières que lui dictait sa peur et maîtrisa ses nerfs. Elle banda son arc, dirigea la pointe de sa flèche vers le gisant en avançant. La meute avait déjà encerclé l'étranger. Muscles tendus, les loups étaient prêts à attaquer au signal de leur maîtresse.

Awena entra dans le cercle, son arc toujours bandé. En voyant la croix sur la poitrine de l'individu, elle comprit qu'elle avait affaire à un homme d'Église. Trempé jusqu'aux os, il avait l'arcade sourcilière droite éclatée. Ses lèvres minces étaient bleues. Sa respiration était spasmodique.

Pourquoi cet être famélique s'est-il aventuré aussi profondément dans la forêt ? Pensa Awena.

De profondes rides creusaient ses joues alors qu'il semblait être dans la force de l'âge. Ses épais sourcils contrastaient avec ses paupières tombantes, mais ce qui frappa le plus la jeune femme, ce fut sa maigreur. Ses traits étiques faisaient ressortir sa pomme d'Adam au point de paraître proéminente.

L'homme avait les mains recouvertes de terre et de griffures. Ses pieds nus ensanglantés réclamaient des soins sans tarder.

Est-ce que je dois lui porter secours ? Est-ce prudent ? Qu'aurait fait le Père ? En homme pieux, il l'aurait hébergé et m'aurait demandé de le soigner avec l'aide de Judith, seulement nous étions nombreux à la ferme ce qui n'est pas mon cas. Je n'ai que mes amis les loups pour me défendre. Méfiance. Sagesse. Je vais d'abord le fouiller au cas où il porterait une arme sur lui.

Awena palpa le corps inconscient. Le front était fiévreux. Ne sentant aucun objet contondant, ni arme à feu, elle décida de le ramener dans sa demeure et de lui prodiguer les traitements nécessaires à la guérison de ses blessures.

En prenant cette décision, je balaye ma vie d'ermite. J'espère ne pas le regretter, mais si j'ai le moindre doute, je suis désolé, Père, je le tuerai sans remords.

Elle essaya de le porter, glissa et finit par agripper ses chevilles et le tira jusqu'au temple.

XIV

Après trente-six heures d'un sommeil lourd et agité, la fièvre avait enfin diminué. La décoction d'écorces de saule que Awena avait réussi à lui faire boire à petites gorgées avait été salutaire. Daniel ouvrit les paupières.

Deux yeux jaunes étudiaient ses mouvements dans la pénombre. Daniel prit peur. Effrayé, il s'appuya sur ses coudes pour se redresser. La tête lui tourna et il retomba mollement sur la couche.

La louve n'avait pas réagi à la tentation de l'homme à se lever. Sa maîtresse lui avait demandé de le surveiller. Elle surveillait.

Daniel porta les mains à sa figure. Il ne sentit plus le sang séché sur sa tempe. Elle avait été nettoyée, de même que ses paumes et ses doigts. En revanche, ses pieds ayant été emmaillotés, il ne put évaluer la gravité des entailles qu'il s'était faites dans la forêt. D'ailleurs, il avait du mal à remuer les orteils sous les bandages.

La maîtresse des lieux entra, les bras chargés de fagots et de petits-bois. Depuis qu'elle avait recueilli le blessé, elle alimentait le feu sans cesse dans la deuxième salle.

— Merci, murmura Daniel lorsqu'elle fut assez proche de lui.

— Ne me remercie pas l'étranger. Comment m'as-tu trouvé ?

— J'ai vu les empreintes.

— Je te soigne, puis tu t'en repars d'où tu es venu et je te conseille d'oublier mon existence sinon je n'hésiterai pas à te traquer. Je te pisterai jusqu'à ce que je te trouve. Je connais ces bois mieux que personne. Aucune bizarrerie ne m'échappe dans cette forêt. Je te débusquerai où que tu te caches. Je t'abattrai avant même que tu n'atteignes la civilisation.

Elle, si réservée d'habitude, avait banni le vouvoiement. Elle traitait l'homme d'Église d'égal à égal, avec autant de respect qu'obligeait la promiscuité sans pour autant tomber dans la familiarité.

Il aborda en son sens.

— Je sais déjà qui tu es. Tu crois être cachée cependant, tu es connue par tous. Tu es celle que les villageois rencontrés en chemin nomment la sorcière aux loups. Ton agressivité traduit ta méfiance, et, en dépit de ton regard dur, je décèle de la bonté dans la prunelle de tes yeux bleus. Ton âme est bonne, je le sais, sinon, pourquoi avoir prodigué un tel dévouement envers un gueux comme moi ? Pourquoi t'encombrer avec un homme de ma condition, sans argent et blessé de surcroît ? Les loups t'obéissent. Tu aurais pu leur ordonner de me dévorer. Au lieu de ça, tu veilles sur moi, tu me soignes et tu m'alimentes.

— Je n'ai pas la chevelure flamboyante, ni les taches de rousseur qu'on attribue aux puissances maléfiques, mais tu as raison, l'étranger, j'aurais pu ordonner à mes loups de te tuer si je l'avais souhaité, répondit Awena en baissant sa garde.

— Daniel, je m'appelle. Je suis un clerc rejoignant Morimond. Je viens de loin.

— Awena, répondit-elle. La Croix que tu portes signe ton obédience. Je vais m'occuper du feu et rentrer la volaille. La meute ira chasser cette nuit. La louve restera avec nous. Je prends mes précautions vis-à-vis de toi, l'étranger.

Daniel la regarda secouer les braises, ajouter des brindilles et poser dessus une bûche. Le feu reprit instantanément, dévoilant la silhouette de la jeune femme qui se reflétait dans les cristaux de roche translucide posés sur les cinq troncs coupés qu'elle avait agencés en pentagramme autour de la paillasse. Il n'avait pas remarqué cette figure ancestrale, la pièce étant trop sombre auparavant. Quelle en était la signification dans cet endroit inhabituel ?

Est-ce que c'est elle, celle que je cherche depuis que je suis parti ? Songea-t-il, un brin rêveur.

XV

Awena défit un par un les bandages. Les voûtes plantaires du clerc avaient cicatrisé sous l'action des pansements au miel qu'elle avait appliqué régulièrement depuis une dizaine de jours, car pour ôter les minuscules cailloux qui s'étaient logés à cet endroit-là, elle avait dû profondément entamer la chair avec un couteau, et nettoyer, aussitôt, avec sa décoction de saule, éliminant ainsi les dernières incrustations. Des croûtes recouvraient maintenant les entailles. La peau était saine. Elle jugea qu'il était guéri.

— Tiens, mets ça avant de marcher, conseilla Awena en lui tendant une paire de laptis.

— Qu'est-ce que c'est ?

— Des chaussures en écorces de bouleau tressées, en attendant que tu te procures des sabots. Ce sera mieux que de marcher les pieds nus. Tes pieds saigneront de nouveau au contact de la terre sans protection. Je te le garantis.

— Apprends-moi à les fabriquer. Cela me sera utile quand je devrai les renouveler.

— Tu dois partir.

— Je partirai plus tard.

Awena hésitait. Cet homme, par sa présence, avait perturbé le rythme de ses journées. Elle n'avait accompli qu'une infime partie de ses objectifs depuis qu'elle s'occupait de lui. Il lui fallait rattraper le retard. Elle accéda à sa supplique quoiqu'il lui en coûtât.

— Cinq jours et pas un de plus, annonça-t-elle sur un ton catégorique.

— Va pour cinq jours. Si Dieu le veut, ajouta-t-il tous bas, je resterai plus longtemps.

XVI

Une demi-lune au lieu de cinq jours. Quatre bras avaient dompté la nature sauvage entourant le temple. Les abords de l'ancienne construction étaient agréables à regarder, à la limite trop amène.

Le poulailler en rondins de sapin était terminé.

La cendre et les déjections avaient enrichi le sol labouré. Les pois, les poireaux et les épinards pointaient leurs feuilles.

Entourée des loups, Awena versa l'eau du gobelet dans le sillon qu'elle s'apprêtait à ensemencer. Elle ferma les yeux.

Tapi derrière un buisson, Daniel l'observait.

Elle s'inclina, puis prononça les mots du rituel transmis jadis par Judith. De la largeur d'une main, elle espaça les graines des raves, les recouvrit de terre, tassa avec la paume, leva la tête vers l'astre qui s'élevait lentement au-dessus de la sapinière, et quitta le potager, sa musette en bandoulière. Déterminée, elle gagna le ruisseau, la meute autour d'elle.

Daniel lui emboîta le pas.

Proche du ru, elle s'arrêta devant un amoncellement de pierres plates en partie éboulées. L'une d'elles tenait encore debout sur le dessus du tas, légèrement penchée sur son côté gauche.

Awena plongea la main dans son sac, en sortit les feuilles de sauge qu'elle étala sur cette table improvisée et formula, de nouveau, quelques phrases pendant que les loups se désaltéraient. Elle éparpilla encore quelques plantes sur la surface plane et, d'un geste incompréhensible aux yeux de Daniel, elle commença à se dévêtir. Elle alla s'asseoir sur un rocher en partie immergé, son corps nu offert à la nature environnante, sa peau laiteuse resplendissante au soleil. Sa longue chevelure flottait autour de sa taille, la pointe de ses cheveux caressant l'eau.

Daniel fut saisi par l'apparition de ce corps d'adulte à l'apparence juvénile, de ces hanches étroites, de cette poitrine haute et menue qui réclamait l'allaitement.

Cette beauté lascive, serait-elle le diable incarné afin de tromper le clerc que je suis ?

Il se força à détourner le regard en se focalisant sur ce qui ressemblait à un dolmen sur lequel séchaient les feuilles. Connaissant l'ouïe fine de Lupus, il marcha prudemment vers ce qui l'intriguait. Il avança jusqu'à ce qu'il distinguât la gravure décelée sur une des pierres de l'éboulis.

Une salamandre, constata-t-il. La créature servant les sages. Cela signifie que je foule un lieu sacré celtique.

Avertie par ses loups, Awena se retourna, emplie de suspicion.

Honteux d'avoir été pris en flagrant délit de voyeurisme, Daniel, les joues en feu, attrapa en vitesse une tige de sauge et la secoua fortement devant lui.

— Pourquoi ne pas les faire sécher chez toi ? Ne crains-tu pas l'humidité qui règne dans cet endroit ? Une question idiote et stupide qu'aurait proférée un enfant, se dit-il après l'avoir prononcée.

En guise de réponse, à l'écoute des battements de son cœur en train de s'emballer, elle l'invita à venir la rejoindre. Daniel prit place sur le rocher et baigna ses jambes dans l'eau fraîche du ruisseau tout en dissimulant le trouble qu'occasionnait le rapprochement de leurs épaules. Il lutta contre l'envie de l'enlacer jusqu'à leur départ pour le temple.

XVII

Ils quittèrent la couche ensemble, repus d'amour. Le démon avait pris forme en la pécheresse et le jeune clerc s'était égaré dans le jardin d'Éden.

La veille au soir, tous les deux étant enfermés dans leur solitude, Daniel avait rompu un silence pesant. Il avait raconté l'origine de sa quête.

J'ai pris conscience du monde au milieu duquel évolue le malin. J'ai vu le feu grégeois catapulté par-dessus la forteresse, là où je vivais enfant. J'ai côtoyé la sournoise maladie. J'ai lâchement contourné des places désertes où le feu brûle les guenilles des miséreux atteints par les funestes maux : peste, choléra, ou autre infection, je te laisse le choix. J'entends encore les gémissements des pestiférés et moi, à leur vue, j'ai craint la contagion. Je les ai fuis, impuissant que j'étais à les guérir. J'ai bouché mon nez aux miasmes. Il me reste en mémoire le pied de celui qui pousse le cadavre sachant qu'il sera, peut-être, le suivant. Ensuite, j'ai franchi les contrées sans but réel jusqu'à ce que j'arrive dans ta région. Alors, j'ai prêté l'oreille à la légende, et me voici. J'ai vu comment tu as su me guérir, ensemble nous pourrions...

Non, avait répondu sèchement Awena. Mon destin est ici.

Alors, apprends-moi à panser les pauvres. Que plus jamais je ne fuis devant eux.

Un baiser langoureux avait scellé l'accord. Elle avait expliqué.

— En premier, sache que le corps est régi par quatre éléments : la terre froide et sèche représente le nord, l'eau froide et humide évoque l'ouest, l'air chaud et humide équivaut à l'est, quant au feu chaud et sec il est le sud. Nous avons en nous les quatre humeurs : la bile noire qui est froide et sèche comme la terre, la bile jaune chaude et sèche, le flegme froid et humide et le sang chaud et humide. À cela, s'ajoutent les quatre éléments des saisons : l'automne égale à la terre, l'hiver à l'eau, le printemps à l'air et l'été au feu. Et ces saisons régissent notre vie : le printemps pour l'enfant, l'été pour l'adolescent, l'adulte pour l'automne et le vieillard pour l'hiver. Mais ce n'est pas tout. Tu dois retenir que chaque aliment et chaque plante possèdent ces quatre éléments avec des degrés actifs chauds ou froids, et passifs secs ou humides. C'est pourquoi il te faudra les identifier, car on soigne en opposant une maladie froide et humide à un remède chaud et sec. C'est la règle des contraires, la base de notre enseignement, et c'est ainsi que je t'ai soigné, avec des feuilles de pourpier sur ton visage.

Awena continua à déverser son flot de paroles tout en posant sur l'autel les bols creusés dans le tronc de l'arbre déraciné l'hiver dernier, ignorant l'effet de surprise qu'affichait le visage de Daniel, la bouche grande ouverte. Bien sûr qu'il avait lu la traduction d'Aristote. Comment a-t-elle acquis un tel savoir, pensa-t-il.

Inattentive à son interrogation, elle s'empressa de lui montrer le contenu de chaque bol rempli de plantes aux vertus curatives.

— Tu ne dois jamais manquer d'écorces de saule. Elles calment les douleurs et font baisser la fièvre. L'aigremoine soignera le mal de bouche et le mal de ventre tandis que les fleurs de sureau soigneront les yeux. Tu mangeras les premières pousses de pissenlits ramassés dans les prés, car elles purifient le corps et...

— Je n'arriverai pas à retenir tout ce que tu énumères : tes quatre éléments, la quantité d'armoise, de sauge ou de fougères. Il me faut l'écrire.

— Ce qui se transmet oralement pérennise. Le livre brûle.

— Tu connais les livres ?

— J'en possédais un, autrefois. Il a péri dans l'incendie qui détruisit la ferme familiale. Comme toi, moi aussi, j'avais noté les doses et dessiné les plantes pour ne pas les oublier. Pour ce que cela a servi. Il vaut mieux regarder, apprendre et mémoriser.

— Je ne suis pas comme toi. J'ai besoin de conserver une trace, de m'y référer et de transmettre.

— Et sur quoi écriras-tu ? Et comment ?

— Sur la peau des lapins de garenne que nous tuerons ensemble. Je raclerai la peau avec le couteau, puis, je l'assouplirai avec des écorces de chêne comme je l'ai appris et, ensuite, j'écrirai dessus avec le sang des bêtes. En séchant, le rouge virera au marron et s'imprimera dans le parchemin, à défaut d'encre.

— Je ne suis pas d'accord avec toi, mais si tel est ton souhait, dans ce cas, partons chasser. Il te faudra un grand nombre de peaux pour ton livre, dit Awena en attrapant son arc et son carquois.

La meute risque de fainéanter avec un surplus de viande, pensa-t-elle. Ce n'est pas bon pour eux.

Dieu l'a mise sur mon chemin, mais pour combien de temps ? Songea Daniel en fermant la porte du temple.

XVIII

L'été avait passé. La récolte avait été abondante.

Les légumes et les fruits s'entassaient dans la première salle en compagnie des gerbes d'épeautre et des branches cassées.

Les feuilles médicinales avaient séché tout l'été.

Le foin était rentré. Il remplacerait bientôt celui usagé des deux paillasses dans la pièce aux cristaux.

Les œufs avaient éclos. Les poussins s'étaient transformés en poulets gras et dodus gavés de vers prêts à être consommés.

Daniel tendit la cordelette d'ortie et serra les parchemins calligraphiés. Il rangea les plumes biseautées de poules dans la sacoche qu'il avait confectionnée avec les peaux en surnombre des animaux tués. Il fallait qu'il parte avant les premières gelées.

Awena se taisait, refoulant les nausées envahissantes, les mains sur le ventre arrondi qu'elle dissimulait sous une ample tunique de chanvre. Elle lui tendit une miche de pain, deux douzaines d'œufs, des noix et des pommes qu'il croquerait pendant son voyage.

Le clerc n'avait qu'une dizaine de lieues à parcourir. Il avait jeté son dévolu sur Morimond depuis longtemps, un pays aux nombreuses sources lui avait-on confié, le pays où il fonderait une communauté de prière et d'accueil envers les nécessiteux. Il avait foi en l'humain et le divin. Son Dieu lui pardonnerait son écart de conduite.

Awena n'aimait guère les effusions qui transperçaient les cœurs.

Il la serra dans ses bras après avoir accroché des gousses d'ail sauvage à l'extérieur par crainte des vampires. Cela avait amusé Awena de le voir faire. Il garderait en secret l'emplacement du lieu maudit. Il avait promis.

Et pour elle aussi, une promesse.

Il ne sut jamais laquelle.

XIX

Un cri déchira la nuit.

La douleur ne faiblissait pas en dépit des médications absorbées. Elle augmentait en intensité, de secondes en secondes. Awena savait que cela ne durerait pas indéfiniment. Accroupie au-dessus de la paillasse, elle prit le couteau en prévision. La louve lui lécha le visage, épongeant son front.

Lupus, ses frères et ses sœurs gardaient l'entrée du temple à l'extérieur. Inquiété par les sons qui s'intensifiaient, le chef de meute ne tenait pas en place. Il allait de droite à gauche, contournait l'habitation, revenait s'asseoir un instant et recommençait ses allées et venues.

Puis ce fut l'ultime hurlement, celui qui déchira les entrailles de la parturiente et la soulagea en même temps.

Awena coupa le cordon, le ligatura, puis expulsa le placenta.

Lupus entendit le vagissement. Aussitôt, la meute se regroupa autour du nouveau-né et de sa mère.

Awena présenta sa fille à ses fidèles compagnons.

Daniella, dit-elle en la leur tendant. La druidesse. Celle qui avait été annoncée.

Tour à tour, ils lui léchèrent les doigts. Daniella entrouvrit les lèvres et les referma. Elle désirait le sein maternel. Elle cherchait à téter.

Awena s'allongea contre le flanc de la louve, Lupus à ses pieds. Elle couvrit le corps du bébé avec la couverture en peau de lapins.

Dehors, les premiers flocons recouvraient la clairière d'un blanc-manteau.

L'hiver était là.

Notes de l'auteure

Ce roman évoque la fin des croyances celtiques et le début de l'expansion des abbayes cisterciennes dont celle de Morimond fondée en 1115, ainsi que la transmission des connaissances par la tradition orale ou par l'écriture. J'ai situé l'époque du récit après la famine de 1030 à 1033 me permettant de raconter les difficultés paysannes en ces temps reculés. Documentation à l'appui, ce livre est une histoire avec sa part d'imaginaire propre à l'auteur, que les historiens me pardonnent cette liberté prise, retranscrite à travers les pages du roman.

Bibliographie

— La vie quotidienne au Moyen Âge, Jean Verdon, éditions France Loisirs 2 015

— La vie dans les campagnes au Moyen Âge à travers les calendriers, Perrine Mane, éditions de la Martinière, 2 004

— Revue Notre histoire, numéro 155-171-172-176-180, 1 998 à 2 004

— Revue Historia, numéro 90, 2 004

— Revue Univers des arts, 1 995

— Atlas historique du monde celte, Angus Konstan, éditions Maxi Livres, 2 002

— Petit Larousse des plantes médicinales, éditions Larousse, 2 009

— Le pays de Langres vue du ciel, éditions Carto Performance, 2 007

— Histoire de la France et des Français au jour le jour, André Castelot, Alain Decaux, éditions Larousse, 1 979

— Atlas historique, éditions Érasme, 1 984

— Atlas géographique, éditions Érasme, 1 989

— Cahiers de civilisation médiévale, Gina Fasoli, université de Poitiers, 1 959

— Qu'est-ce que la société féodale ? Georges Duby, éditions Flammarion, 2 002

De la même auteure

Romans policiers
Mortel courroux, Books on Demand, 2 018
Trois dossiers pour deux crimes, Books on Demand, 2 017
Lettres fatales, Unicité, 2 017 ; Books on Demand 2 018
La mort dans l'âme, Books on Demand, 2 015
Une vie de chien, Books on Demand, 2 015

Romans
Neitmar, Books on Demand, 2 015
La clé de la vertu, Books on Demand, 2 017

Album jeunesse
Coccinella fête le Printemps, Books on Demand, 2 018
Coccinelle visite le parc zoologique, Books on Demand, 2 018
Coccinella fête Halloween, Independently published, 2 018
Coccinella aide le père Noël, Independently published, 2 018

Vie pratique
Pom'en chef, Books on Demand, 2 015
Manuel de dessin et de peinture, Books on Demand, 2 018